Petra Hartlieb wurde 1967 in München geboren und ist in Oberösterreich aufgewachsen. Sie studierte Psychologie und Geschichte und arbeitete danach als Pressefrau und Literaturkritikerin in Wien und Hamburg. Seit 2004 betreibt sie mit ihrem Mann eine Buchhandlung in Wien. Gemeinsam mit Claus-Ulrich Bielefeld ist sie das Autorenduo einer Krimireihe, die im Diogenes-Verlag erscheint. 2014 schrieb sie den Bestseller «Meine wundervolle Buchhandlung».

«Petra Hartlieb, Wiener Buchhändlerin und Autorin, kennt den Stoff, aus dem die Träume sind. Geschickt flicht sie in ihr Wintermärchen Zeit- und Literaturgeschichte ein, erzählt von der Conditio der Dienstboten – und von der Kunst, einen Buchladen zu führen.» *Wiener Zeitung*

«Warmherzig erzählt Petra Hartlieb von verschneiten historischen Gassen und dem Weg zum Glück. Ein perfekter Roman für gemütliche Adventsnachmittage bei Tee und Plätzchen.» *Freundin*

«Petra Hartlieb entführt den Leser in die Zeit des Jugendstils und verzückt Bibliophile mit entsprechender Umschlaggestaltung. Eine Ode an die Literatur und an Wien im Schnee.» *Welt am Sonntag*

«Ein warmherziges und manchmal fast märchenhaftes Buch, in dem die kleinen Gesten die großen Wendungen bringen.» *Brigitte Woman*

«Ein herzerwärmendes Märchen.» *Brigitte*

Petra Hartlieb

EIN WINTER IN WIEN

Rowohlt Taschenbuch Verlag

6. Auflage September 2025
Veröffentlicht im Rowohlt Taschenbuch Verlag
Rowohlt Verlag GmbH, Kirchenallee 19, 20099 Hamburg
Zuerst veröffentlicht im Rowohlt Taschenbuch Verlag,
Reinbek bei Hamburg, November 2018
Copyright © 2016 by Rowohlt Verlag GmbH,
Reinbek bei Hamburg
Die Zeilen auf S. 38/39 stammen aus:
Arthur Schnitzler, Das weite Land, 3. Akt
Das Gedicht auf S. 61 ist entnommen aus:
Rainer Maria Rilke, Mir zur Feier. Gedichte.
Georg Heinrich Meyer Verlag, Berlin 1899
Die Nutzung unserer Werke für Text- und Data-Mining
im Sinne von § 44b UrhG behalten wir uns explizit vor.
Umschlaggestaltung any.way, Barbara Hanke/Cordula Schmidt
Umschlagabbildung bomg/shutterstock.com
Satz aus der Sabon LT bei Pinkuin Satz und Datentechnik, Berlin
Druck und Bindung CPI books GmbH, Leck
ISBN 978-3-499-27156-4

Kontaktadresse nach EU-Produktsicherheitsverordnung:
produktsicherheit@rowohlt.de

Für Emma, Jan und Oliver
und meine Oma Johanna Haidinger.

Es hatte die ganze Nacht geschneit. Dicke Flocken, ununterbrochen. Als Maries Wecker klingelte, war es dunkel, doch die Dunkelheit war anders als sonst, irgendwie gedämpfter, weicher. Kein Geräusch war zu hören. In ihrer kleinen Kammer war es kalt und klamm, und sie beschloss, noch fünf Minuten unter dem warmen Federbett liegen zu bleiben.

Fast war sie wieder eingenickt, da hörte sie Lili im Nebenzimmer vor sich hin plappern. Rasch sprang Marie aus dem Bett, zog ihren dünnen Morgenmantel über und trat ins Kinderzimmer. Lili stand in ihrem Bettchen, ihr Gesicht strahlte, als sie Marie sah, und sie streckte ihr die dicken Ärmchen entgegen. Marie hob sie rasch hoch, die Kleine drückte sich an sie. «Pst, sei schön still. Vater und Mutter schlafen noch und der Heini auch.»

Marie nahm das Kind mit in ihre Kammer, setzte es auf ihr schmales, hartes Bett und stopfte die Decke rundum fest. Dann erst begann sie, sich anzukleiden. Das machten sie jeden Morgen so, es war ein kleines Ritual zwischen ihnen, und die Zweijährige liebte es anscheinend. Ganz still saß Lili auf dem Bett und beobachtete mit großen Augen, wie Marie das Nachthemd auszog, in die Unterwäsche schlüpfte – wobei sie selbstverständlich dem Kind den Rücken zuwandte –, Wollstrümpfe am Strumpfgürtel befestigte, schließlich ihr einziges warmes Kleid anzog und darüber die Schürze band.

Als sie runterkamen, brannte das Feuer im Kamin schon, und warme Milch stand auf dem Herd. Marie setzte das Kind ins Laufställchen und drückte ihm die Flasche in die Hand.

«Bleib schön da, ich weck den Heini.»

Marie hörte Lilis Schmatzen bis in den ersten Stock. «Ja, wo ist denn mein kleiner Schatz, hast du deine Milch schon? Schön trinken!» Anna, die Köchin, war ins Wohnzimmer gekommen und plapperte mit Lili.

In Heinrichs Zimmer war es noch dunkel. Marie knipste die Lampe auf dem Schreibpult an und betrachtete kurz die Eisblumen am Fenster. Der Junge lag zusammengerollt unter der Decke, lediglich sein brauner Haarschopf ragte heraus. Das Bett würde bald zu klein für ihn sein. Marie berührte ihn kurz an der Schulter, der Bub grunzte nur.

«Heini! Aufwachen. Du musst aufstehen, in die Schule gehen. Und schau mal, es hat geschneit!»

«Wirklich? Lass sehen!»

Heinrich sprang aus dem Bett, beinahe hätte er Marie umgerannt. Seit Wochen wartete der Junge sehnsüchtig auf den Wintereinbruch, immer wieder strich er um den Schlitten, den er im Sommer zu seinem neunten Geburtstag bekommen hatte. Und nun schneite es endlich, wie durch ein Wunder. Am Tag zuvor war Heini gegen halb acht schlafen gegangen, hatte sich artig von seinen Eltern verabschiedet, Hände und Gesicht gewaschen und sich von Marie die Decke feststecken lassen. Zehn Minuten wollte er noch in seinem Indianerroman lesen, doch als Marie kurz darauf ins Zimmer trat, war er schon eingeschlafen. Dann erst hatte es zu schneien begonnen.

Heinrich rannte zum Fenster, stieß es auf, sofort wirbelte eine Schneewolke ins Zimmer, und der Junge lehnte sich weit hinaus.

«Heinrich! Pass doch auf! Was machst du denn? Du fällst gleich aus dem Fenster. Außerdem wirst du dir einen Schnupfen zuziehen, wenn du hier im Schlafanzug in der Kälte stehst.»

So schnell hatte Heinrich sich noch nie angekleidet, in Windeseile schlüpfte er in seine Hosen aus dickem Leinen, zog ein Hemd an und drüber einen dunkelblauen Wollpullover.

«Darf ich raus?», rief er laut, als er bereits die Holztreppe hinunterpolterte. Marie hatte Mühe, ihn einzuholen.

«Pst, Heini, still! Deine Eltern schlafen noch. Du sollst leise sein, der Vater hat wieder die halbe Nacht gearbeitet.»

«Dafür ist es jetzt zu spät.» Der Doktor stand in einem langen weinroten Schlafrock auf dem oberen Treppenabsatz und sah Marie streng an.

«Guten Morgen, Herr Doktor. Verzeihen Sie, ich konnte ihn nicht halten. Wo er sich so über den Schnee freut.»

«Ja, ja, ist ja gut. Dann sagen Sie Sophie, sie möge mir Kaffee bringen.»

«Sehr wohl, Herr Doktor.»

Heinrich war schon in seine Stiefel gesprungen und in den Garten gerannt. Fast bis zu den Knien reichte ihm der Schnee, und er tollte herum wie ein junger Hund.

«Heinrich, es reicht jetzt! Du kommst sofort herein, frühstücken, auf der Stelle!»

Marie fühlte sich nicht wohl, wenn sie streng sein musste, schließlich war sie selbst noch so jung. Bis vor kurzem hatte sie auch solchen Unfug gemacht, und nun sollte sie diese beiden Kinder erziehen, noch dazu unter der Aufsicht der Eltern. Wobei der Doktor ja milder war als die gnädige Frau, die besonders vor Heinrich sehr bestimmt auftrat. Marie hatte großen Respekt vor ihr. Die gnädige Frau war nur wenige Jahre älter als sie, tat aber so, als wäre sie weiß Gott wie erfahren. Und dass sie aussah und sich kleidete wie eine ältliche Dame, machte die Sache nicht besser. Marie hatte das Gefühl, sie könne sie nicht leiden.

Schon damals beim Einstellungsgespräch, als Marie mit den Herrschaften im Salon gesessen und der Herr Doktor ihr Dienstbuch studiert hatte, hatte seine Frau sie lediglich abschätzig angesehen. Marie bekam die Stelle, denn die Familie brauchte rasch Ersatz. Hedi, die Kinderfrau, die seit fünf Jahren bei ihnen gelebt hatte, hatte gekündigt. Sie wollte heiraten und blieb noch genau zwei Wochen, um Marie anzulernen.

Der Herr Doktor hatte Marie vorerst zur Probe angestellt und ihr erklärt, sie habe sich ausschließlich um die Kinder zu kümmern. Er ersuchte sie, mit den beiden nicht in ihrem breiten Dialekt zu sprechen. «Das lernen Sie ganz schnell, mein Kind», hatte er gemeint, und seine um zwanzig Jahre jüngere Frau hatte ihn nur zweifelnd angesehen.

Schon als sie vor drei Monaten zum Vorstellungsgespräch mit der Tramway nach Währing gefahren und den Weg von der Station zur angegebenen Adresse gelaufen war, hatte sie sich ausgemalt, wie es wäre, hier zu wohnen. Die schönen großen Häuser, überall Bäume und Gärten – es war ein ganz anderes Wien als das, das sie bisher kannte.

Maries letzte Stelle war bei einer Bankiersfamilie in den Tuchlauben gewesen. Mittendrin in der riesigen Stadt hatte sie gewohnt, und alles fühlte sich zu eng und zu laut an. Sie war eine einfache Küchenhilfe, gerade sechzehn geworden, und man hatte ihr eine Kammer neben der Küche zugewiesen, in der es zugig und eiskalt war, obwohl das Fenster zum dunklen Lichthof winzig war. Die Köchin hatte sie getriezt und gequält, Marie durfte den ganzen Tag die Küche nicht verlassen, nicht zum Einkaufen und schon gar nicht, um den Herrschaften aufzutragen. «Das kannst du nicht, du dummer Trampel, da draußen verläufst du dich nur, und die Herrschaften sind sehr vornehm, du schüttest die Suppe aus, und dann kündigen sie dir», hatte die verhärmte Frau Mayerhofer gesagt, die sich viel darauf einbildete, schon seit zwanzig Jahren für «ihre» Familie zu kochen. Marie bekam die spärlichen

Reste zu essen, sie hatte ständig Hunger, und nur selten gelang es ihr, ein Stück Brot oder ein paar Kartoffeln an Frau Mayerhofer vorbei in ihre Kammer zu schmuggeln.

In der Familie gab es drei Kinder, das jüngste, Clara, war erst ein halbes Jahr alt, und als die Kinderfrau von einem Tag auf den anderen kündigte, kam Maries Gelegenheit. Man fand so rasch keinen Ersatz, die Dame des Hauses hatte schwache Nerven, und so wurde der Nachwuchs in Maries Obhut gegeben. Sie zog aus der Kammer in ein Zimmerchen neben der Kinderstube.

Auch wenn die kleine Clara keine Nacht durchschlief und der vierjährige Johannes ein schwieriges, kränkliches Kind war, ging Marie die Arbeit leicht von der Hand. Sie schlief mit offener Tür zu den Kindern, trug das Baby oft stundenlang in ihrer Kammer auf und ab, aß gemeinsam mit den dreien und kam jeden Tag raus an die frische Luft. Die Kleine im Kinderwagen, daneben Johannes und die zehnjährige Anna, so machten sie ihren Spaziergang, erkundeten die Stadt, besuchten einen der schönen Parks. Stephansdom, Hofburg, die großen Museen – Marie liebte diese Bauten. Sie gaben ihr das Gefühl, Teil einer bedeutenden Geschichte zu sein.

Sie war glücklich und hoffte, ihr Leben werde nun so weitergehen, zumindest ein paar Jahre, doch dann passierte das Unglück. Die Mutter verstarb kurz nach Weihnachten, und Maries Dienstherr beschloss, die Kinder zu seinen Eltern nach Telfs in Tirol zu schicken. Er konnte ihren Anblick nicht ertragen, wollte sie nicht mehr um sich haben. Die Kinder wurden über Nacht von der Großmutter abgeholt, und Marie war von einem Tag auf den anderen ihre Stelle los. Vorsichtig fragte sie an, ob sie die Arbeit als Küchenhilfe wieder aufnehmen könne, doch die Köchin lachte sie nur aus. «Du hast wohl geglaubt, du bist was Besseres! Hast mich nur hochmütig ang'schaut, wenn du mit den Gschrappn vorbei bist. Das hast jetzt davon, in meine Küche kommst nicht mehr.»

Von einer Nacht auf die andere stand Marie auf der Straße, immerhin hatte der Bankier ihr noch den Lohn für den ganzen Monat ausbezahlt, doch das würde nicht lange reichen. Nicht nur einmal lehnte sie am Brückengeländer, blickte in den Donaukanal und dachte darüber nach, ihrem Leben ein Ende zu setzen. Was sollte sie tun? Sie war gerade mal achtzehn Jahre alt, hatte nichts und niemanden. In ihr Elternhaus konnte sie nicht zurück, der Vater hätte sie sofort rausgeworfen.

Als sie wieder einmal auf das dunkle Wasser des Kanals starrte, spürte sie eine Hand auf ihrer Schulter. «Wehe, du springst da rein, Kinderl. Nicht, wenn ich hier grad vorbeikomm. Dann müsst ich ja versuchen, dich zu retten, und das wär der Tod für meine Knochen.»

Josephine war nur zehn Jahre älter als Marie, sah aber aus wie eine alte Frau, die schon viel im Leben gesehen hatte. Sie nahm Marie mit in eine Branntweinstube, stellte ihr einen heißen Tee mit Rum vor die Nase und hörte sich Maries Geschichte an. Anscheinend löste der Alkohol ihre Zunge, denn Marie erzählte einfach alles. Vom Vater und von der Großmutter, vom Bauernhof, auf den sie als Magd gekommen war, von ihrer Stelle als Küchenhilfe und der glücklichen Zeit mit den Kindern in den Tuchlauben. Immer wieder tropften ihre Tränen in den Tee, und Josephine hielt ihr alle paar Minuten ihr schmutziges Taschentuch hin.

«Na ja, das ist alles nicht lustig, aber weißt du was? Du bist nicht die Einzige mit einem schweren Leben. Wo kämen wir denn da hin, wenn alle ins Wasser gehen würden? Du bist jung und gesund, kannst sogar lesen und schreiben. Wir finden schon was für dich.»

Als Marie sich ausgeweint hatte, schob Josephine sie wieder in den kalten Abend, lief mit ihr ein paar Minuten durch die verwinkelten Gassen des zweiten Bezirks und brachte sie in eine winzige Kammer, in der eine Matratze mit dünner Decke auf dem Boden lag.

«Du schläfst dich jetzt erst mal aus, ich muss arbeiten gehen. Rühr dich hier nicht von der Stelle und mach keinem auf, bis ich wiederkomme! Hast du das verstanden? Vor allem nicht dem dreckigen Poldi von gegenüber. Wenn der gesoffen hat, schlägt er immer an meine Tür. Also, niemandem aufmachen!»

Marie fiel augenblicklich in einen tiefen Schlaf, und als Josephine wiederkam, wusste sie nicht, ob sie zwei oder zwanzig Stunden geschlafen hatte. Es war wohl ziemlich lange gewesen, denn Josephine hatte inzwischen sowohl ein Bett als auch eine Arbeit für Marie aufgetrieben.

Nun war sie Bettgeherin in einer vor Dreck starrenden Wohnung in der Leopoldstadt, das hieß, sie schlief tagsüber ein paar Stunden in einem Bett, das nachts ein anderer benützte. Wenn es dunkel wurde, stand sie auf, versuchte, sich am Waschbecken auf dem Gang notdürftig zu reinigen, und lief dann eineinhalb Stunden in Richtung Ottakring, wo sie in einem Wirtshaus als Abwäscherin arbeitete.

Sie hasste die Arbeit, hasste die Wirtsleute und hatte Angst vor den betrunkenen Männern, die – kaum steckte sie den Kopf aus der Küche – ihr nachstellten und sie mit zotigen Witzen in Bedrängnis brachten. Der einzige Lichtblick war Josephine, die hier schon lange als Kellnerin arbeitete und wusste, wie man mit den weinseligen Gästen umging. Sie ließ sich nichts gefallen, hatte ein Auge auf Marie und passte auf, dass dem Mädchen niemand zu nahe kam.

«Du bist so jung, du musst auf deine Ehre achtgeben. Sie ist das Einzige, was du hast. Und wenn du in anderen Umständen bist, kann ich dir auch nicht mehr helfen.»

Josephine steckte ihr regelmäßig einen Teil des Trinkgeldes zu, und irgendwann einmal riet sie Marie, zu einer Arbeitsvermittlung zu gehen und sich um eine Stelle als Dienstmädchen zu bewerben. Das sei ihre Möglichkeit, dem Elend zu entkommen, es gebe zwar auch grässliche Familien, die Dienstpersonal suchten, aber vielleicht habe sie ja Glück. Immerhin hatte der Bankier aus der Tuchlauben Marie ein erstklassiges Zeugnis geschrieben, in dem er betonte, wie gut Marie mit Kindern umgehen könne. Dieses Stück Papier hütete Marie wie ihren Augapfel, es konnte der einzige Weg in eine bessere Zukunft sein.

Und dann, nach unzähligen Vorstellungsgesprächen – Marie war viele Kilometer durch Wien gelaufen, denn das Geld für all die Straßenbahnfahrten hatte sie nicht –, saß sie bei der Familie in der Sternwartestraße und wusste, wenn es diesmal wieder nicht klappte, würde sie aufgeben. Sie konnte nicht mehr gehen, sie konnte keinen weiteren Winter in der eiskalten Wohnung verbringen, sie konnte das Wirtshaus und die betrunkenen Männer nicht länger ertragen. Und dann sagte der Herr Doktor ganz unerwartet: «Na gut, wir wollen es versuchen mit Ihnen, auch wenn Sie mir sehr jung erscheinen. Ich nehme Sie auf Probe. Hedi wird Ihnen in den nächsten zwei Wochen alles zeigen, bis dahin werden sich Lili und Heinrich an Sie gewöhnt haben. Wann können Sie anfangen?»

«Sofort», flüsterte Marie. «Also morgen?»

Einen Tag später packte Marie ihre wenigen Sachen zu einem Bündel und löste mit ihrem letzten Geld einen Fahrschein für die Straßenbahnlinie E2. Sie stieg am Aumannplatz aus und ging langsam die Türkenschanzstraße hoch. Immer wieder blieb sie stehen, betrachtete die Häuser und großen Bäume. *Cottage* hieß das Viertel, Marie hatte mal davon gehört. Hier wohnten die wohlhabenden Familien, denen es in der Stadt zu eng war. Backsteinfassaden, große Fenster, Gärten, die Straßen von Bäumen gesäumt: In dieser Gegend mit der guten Luft würde sie nun leben. Marie konnte ihr Glück kaum fassen.

Nach dem ersten Klingeln öffnete sich die Haustür, und eine junge, mürrisch blickende Frau streckte den Kopf heraus.

«Ja, bitte?»

«Grüß Gott. Ich bin die Marie Haidinger. Ich trete meine Stelle als Kindermädchen hier an.»

Die Frau öffnete die Tür einen Spalt und sah Marie misstrauisch an.

«Ah, du bist das! Na, herzlich willkommen.» Bei dem Wort «herzlich» zog sie die Mundwinkel nach unten und ließ Marie widerwillig in den kleinen Vorraum treten. «Aber die Herrschaften sind gar nicht da. Du kannst heute nicht anfangen.»

Es war ein ungewöhnlich heißer Morgen für Mitte September, Marie war von der steilen Straße außer Atem und verschwitzt. Sie nahm ihren Hut ab und stand unschlüssig im Vorraum, als eine Tür aufging und ihr eine beleibte ältere Dame entgegenblickte.

«Ah, du musst das neue Mädchen sein, nur herein! Ich bin die Anna, seit zehn Jahren bin ich die Köchin und Haushälterin der Familie. Jetzt komm schon, was stehst hier so zaghaft rum? Und du, Sophie, schau nicht so bös. Hast du die Betten schon gemacht?»

Das Mädchen verschwand in den oberen Stock, und so schnell konnte Marie gar nicht schauen, da saß sie schon in einer hellen Küche, vor sich ein Glas Limonade und ein Stück Kuchen. Sie trank einen Schluck und glaubte, im Paradies zu sein.

«Jetzt sei nicht so gschamig. Hungern muss bei uns keiner, dafür sorge ich. Iss den Kuchen, oder magst lieber ein Butterbrot?»

«Nein, nein. Der Kuchen ist sehr gut. Wo sind denn die Kinder?»

«Na, der Heinrich ist in der Schule, und die Kleine ist mit der Hedi im Park spazieren. Die kommen bald zum Mittagessen.»

«Und die Herrschaften?»

«Die sind ein paar Tage an den Semmering gefahren. Weißt du, der Doktor hat's mit den Ohren. Immer Schmerzen, und dann hört er angeblich immer so ein Geräusch, und überhaupt tut er schon schlecht hören, obwohl er ja noch nicht mal fünfzig ist. Und da meinte die gnädige Frau, die Luftveränderung würde ihm guttun.»

«Ich hab beim Vorstellungsgespräch gar nicht gefragt, was sie sind, die Herrschaften.»

«Also, der Herr Doktor, der ist ein studierter Doktor, aber als Doktor arbeitet er nicht mehr. Der ist ein berühmter Schriftsteller. Hast du den Namen noch nie gehört?»

Marie schüttelte beschämt den Kopf.

«Na woher auch! Im Theater wirst wohl noch nie gewesen sein.»

«Nein, war ich noch nie. Aber ich kann lesen.»

«Freilich kannst du lesen. Sonst hätten dich die Herrschaften ja auch nicht genommen. Der Kleinen musst du ständig was vorlesen.»

«Und die gnädige Frau?»

«Ja, die … die möchte eigentlich Sängerin sein, aber ich sag dir, so richtig gut singt sie nicht. Das merken alle, nur sie selber nicht, und deswegen hat sie oft recht schlechte Laune.»

«Und das Mädchen, das mir die Tür aufgemacht hat?»

«Das ist die Sophie. Ein dummes Ding, sie ist seit einem halben Jahr im Haus.»

«Warum ist sie so unfreundlich?»

«Ach, das legt sich schon. Sie wär selber gern Kindermädchen, aber sie kann nicht mal lesen. So etwas duldet der Herr Doktor nicht. Komm, ich zeig dir das Haus.»

Anna führte sie durch alle Zimmer, und Marie war beeindruckt. Im Wohnzimmer stand ein Flügel, die Kinder hatten jedes ein eigenes Zimmer, daneben war eine kleine Kammer.

«Hier wirst du schlafen, direkt neben Lilis Zimmer. Die

Hedi ist ja noch ein paar Tage da, damit die Kinder sich an dich gewöhnen können. Bis dahin schläfst du mit Sophie in der Kammer hinter der Küche.»

Marie trat langsam über die Türschwelle und blickte sich um. An der Seite gegenüber dem Fenster stand ein schmales Bett, das mit blütenweißer Wäsche überzogen war. Keine dünne, alte Decke, nein, wenn der Blick sie nicht trog, war das ein richtiges Federbett. Auf dem Nachtkästchen stand eine Vase mit ein paar Blumen, vor dem offenen Fenster wehte ein heller Vorhang, durch den man einen Blick auf die großen Bäume erhaschen konnte. Wie konnte das möglich sein? Womit hatte sie so viel Glück verdient? Marie stiegen die Tränen in die Augen.

Zu Hause bei ihren Eltern hatten ihre drei Schwestern und sie sich mit zwei schmalen Schlafstätten begnügen müssen, sie teilte sich mit ihrer großen Schwester Magda ein Bett. Die Decken waren dünn, im Winter legte ihnen die Mutter einen mit Stroh gefüllten Bezug obendrauf. Nur selten wurde das Bettzeug gewechselt, und mehrmals in der Nacht wurde sie von den Tritten ihrer Schwester oder von lästigen Wanzenbissen geweckt. Doch zumindest fühlte sie sich sicher, damals in dem winzigen Zimmerchen. Der Vater betrat die Schlafkammer der Töchter nie, der Bruder war auf der anderen Seite des Hofes in einem Extrazimmer untergebracht.

Als der Vater Marie mit zwölf auf einen fremden Hof zum Arbeiten schickte, war Marie fassungslos: Der Schlafraum der Mägde und Knechte lag direkt über dem Heuschober, eine mit einer wackeligen Leiter zu erreichende Schlafstätte für alle gemeinsam! Dünne Strohmatten, ein graues Laken als Decke, so lagen sie Körper an Körper, in der Erntezeit schon mal fünfzehn Leute. Zum Glück war sie nach der schweren Arbeit immer so müde, dass sie trotzdem meistens sofort einschlief.

Als sie ein wenig älter war, kam ein neuer Knecht auf den Hof, und die älteren Mägde warnten sie: Der Hubert sei einer, der sich gerne nachts auf fremde Matten verirre. Von da an war Marie immer auf der Hut. Eines Nachts – sie war gerade erschöpft in den Schlaf gesunken – erwachte sie von einem Geräusch, und als sie sich leise aufsetzte und ihre Augen sich an das Mondlicht gewöhnt hatten, da sah sie Hubert auf der Matte von Rosa liegen, er machte seltsame Bewegungen, und Marie hörte ein unterdrücktes Schluchzen. Rosa war erst vor ein paar Wochen neu auf den Hof gekommen, sie war jünger als Marie, fast noch ein Kind, mit langen Zöpfen und Sommersprossen.

Marie bekam Angst. Sie wusste zwar nicht genau, was da vor sich ging, aber dass es nicht rechtens war, das begriff sie. Sie stand auf und schlich sich näher an die beiden heran, da sah sie in Rosas vor Schreck weit aufgerissene Augen. Hubert hatte ihr die Hand über den Mund gelegt. Als er Marie bemerkte, ließ er nur kurz von Rosa ab und zischte ihr zu: «Na, Mädel, das gefällt dir. Morgen bist du dran.»

Marie lief zurück zu ihrem Lager, packte die wenigen Habseligkeiten in einen kleinen Beutel und verließ bei Morgengrauen den Hof, nachdem sie in der Küche noch ein Stück Brot und eine Wurst gestohlen hatte. Lieber würde sie auf der Landstraße sterben, als hier zu bleiben.

«Träumst du?» Anna schloss mit einer kräftigen Bewegung das Fenster und schob Marie aus dem Zimmer.

«Nein, nein. Es ist nur so … so schön.»

«Na ja, wie gesagt, erst kommst du in die Kammer mit dem Mädchen, und im Winter ist es auch recht kalt, das Zimmer. Überhaupt zieht's dann im ganzen Haus.»

«Das macht doch nichts, es ist wunderbar hier.»

Kurz darauf kam Hedi, das bisherige Kindermädchen, vom Park zurück, an der Hand eine pummelige Zweijährige, die sich schüchtern hinter ihrem Rock versteckte und Marie neugierig ansah.

«Grüß Gott. Ich bin die Hedi. Du musst Marie sein. Sag schön guten Tag zu Marie, Lili!»

Marie aß mit Sophie, Hedi, Anna und Lili zu Mittag, bald schon war das Eis gebrochen, und die Kleine plapperte lustig drauflos.

«Und warum gehst du hier weg?», wandte Marie sich leise an ihre Vorgängerin. «Ist was passiert?»

«Ja, freilich ist was passiert. Verliebt hab ich mich, und endlich hat der Ferdinand eine Arbeit gefunden, und wir können heiraten.»

«Ja, da gratulier ich recht schön.»

«Danke. Wirst sehen, du wirst es gut haben hier im Haus. Die Herrschaften sind feine Menschen.»

Mit den Kindern hatte Marie keine Schwierigkeiten. Die kleine Lili war ihr rasch zugetan, liebte es, wenn Marie mit ihr Lieder sang, und saß gerne auf ihrem Schoß. Der neunjährige Sohn des Hauses war deutlich reservierter. Er litt unter der Trennung von seiner alten Kinderfrau und machte wohl Marie ein wenig dafür verantwortlich, dass Hedi das Haus verlassen hatte. Doch nach und nach gewann Marie sein Vertrauen, sie ließ ihm Zeit, behandelte ihn wie einen jungen Herrn, übte sich in der richtigen Mischung aus Strenge und Milde. Und rasch begann er, von seiner Schule zu erzählen, von den kleinen Streichen, und über strenge Lehrer zu klagen.

Lili, die von der Köchin in das Kinderstühlchen gesetzt worden war, aß vergnügt ihren Brei, und als ihr Bruder ins Zimmer stürmte, lachte sie laut auf und patschte mit ihren Händchen in die Schüssel.

«Lili, es hat geschneit! Heute Nachmittag gehen wir Schlitten fahren. Wir gehen doch, Marie, oder? Lili, schau doch nur, es ist alles weiß draußen.» Heinrich schob seine kleine Schwester mitsamt dem Stühlchen zum Fenster, die Holzbeine quietschten auf dem Fliesenboden.

Marie versuchte ernst zu sein, obwohl sie sich mit dem Jungen von Herzen mitfreute. «Wir gehen gar nirgend-wohin, wenn du dich jetzt nicht ordentlich hinsetzt und dein Frühstück isst. In zwanzig Minuten musst du in die Schule.» Sie schob den Kinderstuhl wieder zurück an den Tisch, was zu einem wütenden Protestgeschrei der kleinen Lili führte.

«Schnee schauen! Lili Schnee schauen!»

«Ja, wir gehen gleich Schnee schauen. Jetzt frühstücken wir schön mit Heinrich, der muss in die Schule gehen.»

«Auch Schule gehen!»

Heinrich musste lachen, kniff seine kleine Schwester in die Seite. «Sei froh, dass du da nicht hinmusst. Da ist es langweilig.»

«Sag das nicht, Heini. Sei dankbar, dass du da hingehen kannst. Und dass du Lesen lernst und Schreiben.»

«Pah, das kann ich schon lange. Das hab ich gar nicht in der Schule gelernt, das hat mir der Vater beigebracht.»

Da hatte der Junge natürlich recht, sein Vater legte viel Wert auf die Bildung der Kinder. Am liebsten würde er bereits die Zweijährige ins Theater mitnehmen, und Heinrich verwickelte er gerne in Gespräche über griechische Mythologie oder Sagen.

Wenn Marie die beiden zusammen sah, Vater und Sohn in ihre Unterhaltungen vertieft, dann dachte sie an ihren eigenen Vater, der das Wort nur an sie gerichtet hatte, um ihr knappe Arbeitsanweisungen zu geben, und seine Kinder ansonsten beschimpfte, vor allem wenn er – wie so oft – zu viel getrunken hatte. Manchmal hatte sie ihn mit ihrem Bruder reden sehen, die beiden wirkten vertraut, und der Vater behandelte ihn in solchen Momenten wie einen Kameraden. Die vier Mädchen der Familie hingegen hatten meist das Gefühl, er kenne nicht mal ihre Namen, sie wurden als nutzlose Esser bezeichnet, und oft musste Marie mit leerem Magen ins Bett. Wenn sie am Morgen mit dem Melken an der Reihe war, trank sie manchmal schnell warme Milch aus der Kanne und hatte dabei schreckliche Angst, vom Vater erwischt zu werden. Auch jetzt noch, Jahre später, musste sie sich richtig beherrschen, wenn sie der kleinen Lili ihre Milchflasche gab. Wie gerne würde sie einen Schluck direkt aus der Flasche nehmen, obwohl sie hier wahrlich keinen Hunger leiden musste.

Heinrich zappelte auf seinem Stuhl und schlang seinen Brei hinunter. «Wir gehen doch mit dem Schlitten raus heute Nachmittag? Oder vielleicht kommt der Vater sogar mit mir?»

«Wir werden sehen. Jetzt gehst du erst einmal in die Schule, und dann schauen wir, was der Vater heute vorhat.»

Heinrich durfte allein in die Schule gehen. Sie lag nur ein paar Straßen weiter, und unterwegs stieß Paul, sein bester Freund, zu ihm, der ein Jahr älter war und bereits das Gymnasium besuchte. Heinrich schlüpfte in die mit Fell gefütterten Stiefel, zog seinen Mantel über und setzte die Kappe auf. Als er laut johlend auf die Straße rannte, stand Marie wie jeden Morgen am Fenster, Lili auf dem Arm, die ihrem Bruder eifrig nachwinkte. Der hatte heute aber gar keine Zeit, sich umzudrehen, und war sofort um die Ecke verschwunden.

Wie sorglos er war und trotzdem so klug und besonnen. Wenn sie einmal Kinder haben sollte, dann sollten sie so sein wie Heini. Und in die Schule würden sie gehen, auch wenn Marie Tag und Nacht dafür arbeiten müsste.

Marie war nur ein paar Jahre älter gewesen als Heinrich jetzt, da war ihre Schulzeit schon zu Ende, und sie wurde auf einen anderen Hof weit weg von zu Hause geschickt. Das ganze Lernen hatte nichts geholfen; das fleißige Hausaufgabenmachen nach einem langen Tag auf dem Feld, als ihr am Küchentisch immer schon die Augen zufielen und sie sich dennoch bemühte, die Sätze in schöner Schrift ins Heft zu schreiben oder die Zahlen ordentlich untereinanderzureihen; nichts genützt hatte das Lob der Lehrerin, kein einziges Mal waren die Eltern in die Schule gegangen, obwohl das nette Fräulein Pühringer Marie mindestens drei Briefe mitgegeben hatte, in denen sie die Eltern bat, in der Schule vorzusprechen. Es war dem Vater schlichtweg egal gewesen, warum er eingeladen war, denn ohnehin stand fest, dass keines der Mädchen einen Tag länger in der Schule bleiben würde, als es gesetzlich vorgeschrieben war.

Die Einzige, die sich für ihre Erlebnisse in der Schule interessierte, war die Großmutter, die auf der anderen Seite des Hofes im Auszugshäuschen wohnte. Marie wusste nicht, wie alt sie war; seit sie denken konnte, lebte sie mit ihrem Schäferhund in dem kleinen Haus. «Wir könnten noch gut arbeiten, der Berti und ich, aber wenn sie uns nicht mehr lassen, da kann man halt nichts machen», sagte die Großmutter oft und blickte versonnen aus dem Fenster, rüber ins Haus, in dem sie einst gewohnt hatte und wo nun ihr Sohn mit seiner Familie lebte.

Marie liebte ihre Oma, und die wiederum machte kein Geheimnis daraus, dass Marie *ihr* Liebling war. Wann immer sie entwischen konnte, schlich sie rüber zur Großmutter, die stets ein Stück Brot und manchmal sogar Kuchen für sie bereithielt, saß mit ihr am kleinen Küchentisch und redete. Der Vater hingegen sagte, die Großmutter sei nicht mehr ganz richtig im Kopf. Seit der Großvater gestorben sei, erzähle sie wunderliche Geschichten.

«Was machst du in der Schule?», fragte die Oma immer, kaum war ihre Enkelin zur Tür reingeschlüpft, und Marie sagte stolz das Einmaleins auf oder las den Schulaufsatz vor, unter den die Lehrerin *Tüchtig!* geschrieben hatte.

«Marie, du gehst mal in die Stadt und wirst in einem schönen Haus wohnen. Wirst einmal in einem feinen

Lokal essen und das Theater besuchen», sagte die Oma dann zu ihr und flocht ihr bunte Bänder in die Zöpfe.

Marie erinnerte sich daran, als wäre es gestern gewesen: jener heiße Abend im August, ein Tag nach Maries zwölftem Geburtstag. Die Großmutter hatte sich eine saubere Schürze umgebunden, den langen, dünnen Zopf zu einem ordentlichen Knoten gewickelt und war quer über den Hof in das Haus ihres Sohnes gegangen. Die Familie saß gerade beim Abendbrot, Marie sah die Oma durchs Fenster näher kommen. Der Vater öffnete die Tür, ließ sie zögernd eintreten. «Was ist, Mutter?» Das war die Begrüßung, und der Rest der Familie saß mucksmäuschenstill in der Küche und lauschte.

«Du musst die Marie weiter in die Schule schicken», sagte die alte Frau mit entschlossener Miene zu ihrem Sohn.

Der lachte einmal laut auf und rief in Richtung Küche: «Kinder, ab in den Stall, ihr müsst noch ausmisten!»

Marie schlich mit ihren Geschwistern durch den engen Flur, sie drückten sich am Vater und an der Großmutter vorbei und trauten sich nicht, den Blick zu heben. Der Vater warf die Haustür hinter ihnen zu, und sosehr sich Marie auch bemühte, sie konnte die Worte der beiden nicht mehr verstehen.

Drei Wochen später hatte ihr die Mutter ein Bündel mit zwei Unterhosen, ein paar Strümpfen und einer blauen Schürze gepackt, und der Vater weckte sie noch vor Sonnenaufgang. Die Mutter stand in der Küche, die Tränen flossen ihr übers Gesicht, und sie steckte Marie noch einen Kanten Brot zu, den diese schnell unter der Schürze versteckte. «Mach mir keine Schande», hatte die Mutter gesagt und sie kurz am Kopf berührt. Keine Umarmung, nicht mal ein Tätscheln; ein wenig so wie der Pfarrer nach der Beichte.

Als Marie in den Hof trat, sah sie die Großmutter in der Tür ihres Häuschens stehen. Sie wirkte klein und sehr alt, der Hund saß neben ihr, regungslos, als wäre er ausgestopft. Marie rannte über den Hof, warf sich ihrer Oma in die Arme, umklammerte sie und grub das Gesicht in ihre Kittelschürze.

«Geh schon, Mädel. Und versprich mir, dass du einmal das Theater besuchen wirst.» Die Großmutter schob sie von sich und hielt ihr Gesicht in ihren warmen, rauen Händen. «Versprich es mir.»

«Ja, Oma, ich versprech's dir.»

Da spürte sie auch schon die Hand des Vaters auf ihrem Arm. In der Erwartung eines Schlages machte sie sich ganz steif, aber er zog sie nur sachte fort und murmelte: «Jetzt komm schon, mach nicht so ein Theater.»

Und dann brachte sie der Vater in einem halben Tagesmarsch auf einen großen Bauernhof. Die Füße taten Marie weh, und ihr Magen knurrte. Bei ihrer Ankunft setzte die Bauersfrau ihr eine dünne Suppe vor und schickte sie anschließend in den Stall, wo Marie beim Abendmelken helfen sollte.

Lili zappelte auf Maries Arm und riss sie aus ihren Gedanken. Sie setzte das Kind in sein Laufställchen, half der Köchin, den Tisch abzudecken und das Frühstück für die Herrschaften anzurichten. Ein Ei für den Herrn Doktor, dazu zwei Scheiben Schwarzbrot mit Butter und für die gnädige Frau ein wenig Haferbrei mit Zucker.

«Na, Lili, frühstückst du heute mit dem Papa?»

Der Doktor war ins Esszimmer getreten und nahm das Mädchen auf den Arm. Es schmiegte sich an ihn und zog mit seiner kleinen Hand an seinem Bart. Der Vater lachte laut auf, und Marie konnte sich gar nicht sattsehen an diesem Bild.

«Frau Anna», wandte der Herr sich an die Köchin, «ich werde ohne die gnädige Frau das Frühstück einnehmen, sie fühlt sich nicht wohl. Wenn Sie ihr bitte eine Tasse Tee aufs Zimmer bringen.»

«Selbstverständlich, Herr Doktor. Ich hoffe, es ist nichts Ernstes.»

«Nur dieser Husten, der sie schon seit Tagen plagt. Gehen Sie nach dem Frühstück in die Apotheke und kaufen Sie einen Hustensaft.»

«Ich kann das machen, Herr Doktor, ich wollte ohnehin mit Lili raus in den Schnee.» Marie war immer noch ein wenig bang, wenn sie mit dem gnädigen Herrn sprach, obwohl er stets freundlich zu ihr war.

«Ja, der Schnee ist sehr schön, das wird dem Kind Freude bereiten. Ziehen Sie es nur warm an!»

«Selbstverständlich, Herr Doktor. Und wenn ich nur kurz sagen darf, es geht um den Heini. Der ist schon ganz aufgeregt wegen dem Schnee.»

«Das hab ich gehört.»

«Ich bitte Sie, sein Verhalten zu entschuldigen. Er freut sich so aufs Rodeln. Ein wenig hofft er, dass Sie heute Nachmittag Zeit haben.» Marie sprach leise, blickte ihrem Dienstherrn nicht ins Gesicht.

«Wir werden sehen. Ich muss ein paar Stunden diktieren, und am Abend erwarten wir Gäste.»

«Sehr wohl, Herr Doktor.»

«Ach ja, Marie. Wenn Sie auf der Währinger Straße sind, gehen Sie kurz beim Buchgeschäft vorbei. Ich habe etwas bestellt.»

«Ja, Herr Doktor.» Marie machte einen kleinen Knicks.

«Wissen Sie, wo das Buchgeschäft ist?»

«Nein, Herr Doktor.»

«Buchhandlung Friedrich Stock, das ist direkt neben dem Bezirksamt. Ich habe ein Buch bestellt, Sie sagen einfach meinen Namen, und es wird Ihnen ausgehändigt.»

Nachdem der Frühstückstisch abgeräumt war und der Doktor sich mit der Sekretärin in sein Arbeitszimmer zurückgezogen hatte, zog Marie Lili an. Dicke warme Stiefelchen, einen wollenen Mantel und darunter gestrickte Hosen. Die Fäustlinge aus grober Wolle wollte die Kleine partout nicht tragen. Erst als Marie ihr sagte, dass sie dann auch nicht auf Heinis Schlitten dürfe, schlüpfte sie rasch hinein.

Lili war zwar schon gut zu Fuß, der Weg in die Währinger Straße war aber recht weit, und mit dem Kinderwagerl würde sie bei dem Schnee kaum vorankommen.

«So, jetzt leihen wir uns den Schlitten vom Heinrich aus und fahren damit einkaufen.»

Die Kleine juchzte vor Freude, und Marie hoffte, der Junge werde nicht böse sein.

Lili saß stolz auf der Rodel, ihre Hände klammerten sich fest an das Holz, die Stiefelchen stellte sie auf die Kufen. Die Türkenschanzstraße ging steil bergab, und Marie musste laufen, damit sie mit dem Schlitten mithalten konnte. Irgendwann raffte sie ihre langen Rockschöße zusammen, setzte sich seitlich hinter Lili und lenkte den Schlitten vorsichtig die abschüssige Straße hinunter. Lili kreischte vor Vergnügen, und Marie musste sich regelrecht beherrschen, es dem Kind nicht gleichzutun.

In Maries Kindheit hatte es keinen Schlitten gegeben, zumindest nicht in ihrer Familie. Sie erinnerte sich, dass sie und zwei ihrer Schwestern mit ein paar Brettern den kleinen Hügel hinter ihrem Hof hinuntergeschlittert waren; sie erinnerte sich an ihre kalten Hände und Füße, an ein altes Tuch, das sie um die Hände gewickelt hatten, und an die viel zu dünnen Schuhe. Trotz allem hatten sie Spaß gehabt, sie hatten gelacht und gejohlt und wurden immer wagemutiger, bis die Mutter dem Treiben ein Ende setzte und sie zum Kartoffelschälen ins Haus rief.

Als sie nun die Straße mit den großen Villen hinunterrodelte, vor sich den vor Aufregung angespannten Körper des Mädchens, das sie bereits nach wenigen Wochen ins Herz geschlossen hatte, da fühlte Marie das Glück in ihrer Brust.

«Kannst nicht aufpassen, du dummes Weib!»

Um Haaresbreite wären sie mit einem Einspänner zusammengestoßen, der plötzlich aus der Spöttelgasse bog. Marie schaffte es gerade noch, den Schlitten nach rechts zu lenken, und prompt landeten sie in einer Schneewehe zwischen zwei Bäumen.

Die kleine Lili war von der Rodel geplumpst und lag nun wie ein Käfer im Schnee. Wegen der dicken Wollsachen schaffte sie es nicht, allein aufzustehen. Marie half ihr hoch, klopfte ihr den Schnee von der Kleidung, strich ihr tröstend über die Wange. Lili jammerte ein bisschen, ließ sich aber rasch beruhigen. Dann säuberte Marie ihre eigenen Sachen, schüttelte den Schnee von ihrem Schal und steckte die gelösten Haarsträhnen wieder unter ihrem Hut fest. Ganz ein schlechtes Gewissen hatte sie. Warum musste sie immer so ungestüm sein? Nicht auszudenken, wenn der Kleinen etwas zugestoßen wäre! Wie gut, dass Lili noch nicht viel sprechen konnte, so würde sie hoffentlich zu Hause nichts erzählen.

Auf der Währinger Straße versuchten Männer mit großen Schaufeln, die Straßenbahnschienen vom Schnee zu befreien. Die Pferdekutschen glitten lautlos durch die Straße. In der Adler-Apotheke war viel los, anscheinend hatte die halbe Stadt die Grippe. Marie kaufte eine Packung Kaisers Brustkaramellen und eine Flasche Hustensirup, Lili auf ihrem Arm wartete auf das Bonbon, das ihr der Apotheker anschließend zusteckte.

«Bist du das neue Fräulein?» Der Mann musterte Marie durch seine dicken Brillengläser.

«Ja, seit September bin ich da. Marie heiß ich.»

«Mein Gott, ihr werdet auch immer jünger. Wie alt bist denn?»

«Achtzehn, bitt schön.»

«Na, eh erwachsen. Schaust aus wie vierzehn, hast nichts auf den Rippen. Pass nur schön auf dich auf, weißt eh, die älteren Herren. Also, ich bin der Magister Ratzka, wenn's wo zwickt, kommst zu mir. Und grüß den Herrn Doktor schön und die Frau Gemahlin.» Er zwinkerte ihr zu. «Magst auch ein Zuckerl?»

«Nein, danke.» Marie zahlte rasch und verließ die Apotheke.

Am Aumannplatz stand eine Gruppe Dienstmädchen mit großen Einkaufskörben unter einem Vordach, sie kicherten und tratschten miteinander, Marie nickte ihnen schüchtern zu. Wie gerne hätte sie sich zu ihnen gestellt, wie gerne hätte sie eine Freundin hier in ihrem neuen Leben. Sie hoffte, dass sie lange genug in dieser Stellung arbeiten konnte, um ein wenig Fuß zu fassen. Sophie hatte sich zwar anscheinend an sie gewöhnt, war nicht mehr ganz so unfreundlich wie am Anfang, doch Freundinnen würden sie wohl keine werden.

Beim Bäcker kaufte sie noch rasch zwei Laib Brot, das hatte ihr Anna aufgetragen, für die Gesellschaft am Abend. Alle anderen Zutaten für das üppige Abendessen hatte die Haushälterin in den letzten Tagen schon liefern lassen.

Lili saß wieder auf dem Schlitten und plapperte fröhlich vor sich hin. Als sie am Bezirksamt vorbeikamen, blieb Marie kurz stehen, um den riesigen Bau zu bewundern. Drei Jahre war sie nun schon in Wien, doch an den großen, prunkvollen Gebäuden konnte sie sich einfach nicht sattsehen. Bei ihr zu Hause war das einzig Große der Kirchturm gewesen, um den sich die Häuser scharten, niedrig und geduckt, als würden sie sich klein machen im Angesicht der Kirche. Hier in Wien waren ganz normale Zinshäuser so hoch wie Kirchen und ein Amtshaus protzig wie ein Schloss.

Marie legte den Kopf in den Nacken, um zum Turm hochzuschauen, dabei wirbelten ihr die Schneeflocken ins Gesicht. Lili tat es ihr gleich, und als sie beide die Zunge rausstreckten, mussten sie lachen.

Die Buchhandlung lag tatsächlich direkt neben dem Bezirksamt. *Buchhandlung Antiquariat und Papierhandlung Friedrich Stock* stand auf dem runden Schild über dem Eingangsportal. Maries Schritte wurden langsamer. Sie hatte noch nie einen Buchladen betreten.

Als Lili auf ihrem Schlitten merkte, dass es zu Friedrich Stock ging, wurde sie ganz zappelig. Sie war letzte Woche schon mal hier gewesen, die Familie hatte einen gemeinsamen Spaziergang unternommen und lange vor dem Schaufenster der Buchhandlung gestanden, hatte Heini erzählt. Hinter den Scheiben, dicht von Tannenzweigen umrahmt, war eine wunderschöne Weihnachtskrippe aufgestellt. Ochs und Esel sahen aus wie echte Tiere, und vor allem das Jesuskind hatte es Lili angetan. Jetzt kletterte das Mädchen vom Schlitten und drückte die Nase ans Schaufenster.

«Schau, Marie. Jesus.»

Marie beugte sich zu ihr herunter und nahm sie in den Arm. «Ja, Lili, das ist das Jesuskind. Und seine Mutter, die heißt Maria, so wie ich, und sein Vater Josef.»

Da fiel ihr ein, dass Lili ja mosaischen Glaubens war, und sie fragte sich, ob es da auch das Jesuskind gab. Vermutlich nicht, aber warum kannte die kleine Lili dann den Namen? Und nachdem beide Kinder schon seit Tagen von nichts anderm als vom Heiligen Abend und vom Christbaum sprachen, feierten die Juden offensichtlich auch Weihnachten. Oder wahrscheinlich nicht alle, aber ein paar.

Bei ihrem Einstellungsgespräch war Marie vom Herrn Doktor gefragt worden, an welchen Gott sie denn glaube, und sie war ganz rot geworden und stammelte: «Na, an den Herrgott halt. Den Vater vom Jesuskind.»

Da hatte der Doktor gelächelt und gemeint: «Dann sind Sie wohl katholisch.»

«Jawohl, Herr Doktor. Katholisch.» Marie kannte niemanden, der nicht katholisch war.

«Das habe ich angenommen. Aber bitte, beten Sie nicht mit Lili und Heinrich.»

«Natürlich nicht.»

Damit war das Thema erledigt, und Marie hatte sich selbstverständlich nicht getraut, weiter nachzufragen. Und nun kniete sie hier mit seiner zweijährigen Tochter, die angesichts des Jesuskindes völlig außer sich war, und sorgte sich, ob das einen Grund zur Beschwerde geben würde.

Nur mit Mühe konnte Marie das Mädchen von der Auslagenscheibe losreißen. Sie nahm sie fest an der Hand. Gerade als sie die Tür zur Buchhandlung Friedrich Stock öffnen wollte, ertönte ein merkwürdiges Geräusch. Es schien von oben zu kommen, und sie blickte gen Himmel. Da hörte sie auch schon das Kind schreien, und ehe Marie begriff, was geschah, spürte sie überall den Schnee: Eine Dachlawine hatte sich gelöst und war direkt auf sie beide draufgefallen. Jetzt war der Schnee unter ihrem Schultertuch, auf ihrem Hut, und ihr Gesicht war ganz nass. Lili sah aus wie ein kleiner Schneemann, Wollmäntelchen und Mütze waren vollkommen weiß. Sie hatte sich wohl sehr erschrocken, denn sie weinte leise und drückte sich dabei gegen Maries Rock.

«Es tut mir so leid! Entschuldigen Sie bitte, ich wollte gerade rausgehen, um das Vordach abzukehren. Da war ich wohl zu spät.»

Ein junger Mann hatte von innen die Ladentür geöffnet und reichte Marie die Hand. Sie fasste sie, ohne darüber nachzudenken, und trat in das Buchgeschäft. Der Mann umkreiste sie wie ein aufgeregter Hund, streckte die Hände aus, um Marie den Schnee vom Mantel zu klopfen, zog sie jedoch im letzten Augenblick wieder zurück.

«Brauchen Sie ein Tuch? Treten Sie näher, hier ist ein Ofen. Herrgott, das hübsche kleine Mädchen, du bist ja auch ganz nass.»

Lili hatte inzwischen zu weinen aufgehört und starrte den jungen Mann begeistert an. «Jesus», sagte sie und gleich darauf: «Maria und Josef.»

«Ja, das Jesuskind aus der Krippe meinst du? Das gefällt dir? Und dass die Eltern Maria und Josef heißen, weißt du auch schon? Wie ist denn dein Name?»

«Lili. Jesus schaun.»

«Weißt du, was? Ich hole dir das Jesuskind aus dem Schaufenster. Dann kannst du es anschauen. Was hältst du davon?»

Lili nickte eifrig, und der junge Mann verschwand für einen Augenblick. Als er wiederkam, drückte er Lili die geschnitzte Figur in die Hand, und sie umfasste sie ganz vorsichtig. Sie blickte Marie strahlend an.

«Jesuskind.»

«Ja, Lili. Du hast das Jesuskind. Schön vorsichtig sein, damit es nicht kaputtgeht.»

«Ist alles in Ordnung mit Ihnen? Ich hoffe, Sie haben sich nicht verletzt.» Der Buchhändler blickte Marie mit wachen Augen an.

«Ach, jetzt übertreiben Sie nicht, es ist ja nur Schnee. Ein bisschen nass werden hat noch niemandem geschadet.» Marie schüttelte den Schnee vom Hut und versuchte, Lilis Mantel ein wenig abzuklopfen. Erst jetzt fiel ihr auf, dass sich um sie eine kleine Pfütze gebildet hatte. Lili blieb ganz still, hielt die kleine Holzpuppe in der Hand und betrachtete sie verzückt.

Im Laden war es angenehm warm, gelbes Licht fiel auf die hohen Regale, die bis obenhin mit Büchern gefüllt waren. Marie blickte sich staunend um. In ihrem Elternhaus hatte es keine Bücher gegeben – doch, an zwei konnte sie sich erinnern: eine Bibel und ein Buch mit dem Titel *Dr. Willmar Schwabe's Großer Illustrirter Hausthierarzt.* Nachdem sie in der Schule rasch lesen gelernt hatte, war die kleine Schulfibel, die alle Kinder hatten, schnell ausgelesen, und Marie war als einzige Lektüre das Buch über Tierkrankheiten geblieben.

«Ich möchte gerne ein Buch abholen, bitt schön», sagte sie jetzt.

«Äh, wie bitte?» Der junge Mann war inzwischen hinter den Tresen getreten und starrte sie mit großen Augen an.

«Ein Buch. Hier gibt es doch Bücher, oder?» Marie blickte sich um und verzog den Mund zu einem spöttischen Lächeln.

«Entschuldigen Sie, gnädiges Fräulein. Sie ... Sie ... ach, verzeihen Sie meine Unhöflichkeit. Sie haben mich nur gerade sehr stark an jemanden erinnert.»

«Na, dann hoffe ich, dass es eine schöne Erinnerung war.» Marie hörte sich selbst den Satz aussprechen und erschrak ein wenig ob ihrer Forschheit.

«Ja, sehr schön sogar. Entschuldigen Sie, welches Buch möchten Sie denn abholen?»

«Das weiß ich leider nicht.»

«Das ist schlecht. Wie ist denn der Name?»

«Marie Haidinger.»

Der Mann drehte sich um und bückte sich. Die Pfütze um Marie war größer geworden, sie wagte kaum, sich zu bewegen.

«Ich hab keine Bestellung unter diesem Namen, es tut mir leid.» Der Mann tauchte wieder am Tresen auf.

«Nein, ich habe auch nichts bestellt, ich hole nur etwas ab. Das ist für den Herrn Doktor, ich meine, den Herrn Doktor Arthur Schnitzler.»

Marie wurde rot, sie kam sich plötzlich schrecklich ungebildet vor. Unglaublich, dass es Menschen gab, für die es normal war, einfach so ein Buch zu bestellen.

Der Buchhändler sah sie wieder ungläubig an, dann wandte er sich erneut dem Fach zu, in dem anscheinend die bestellten Bücher aufbewahrt wurden.

«Verzeihen Sie bitte, aber das Buch, das der Herr Doktor Schnitzler bestellt hat, das kommt erst am Nachmittag.»

«Das ist jetzt aber schlecht. Ich weiß nicht, ob dann noch mal jemand kommen kann.»

«Und Sie arbeiten für die Familie Schnitzler?»

«Ja, ich bin das neue Kindermädchen.»

«Freut mich. Oskar Novak mein Name. Ich bin Buchhändler hier bei Herrn Stock.»

«Ja, das dachte ich mir schon.» Marie kicherte, und nun wurde der Buchhändler rot.

«Entschuldigen Sie, aber wissen Sie, ich verehre Ihren Dienstherrn aufs äußerste. Ich habe alles von ihm gelesen, und ‹Das weite Land› hab ich mir schon dreimal im Theater angesehen.»

«‹Das weite Land›?»

«Ja, kennen S’ das nicht? *Wir versuchen wohl, Ordnung in uns zu schaffen, so gut es geht, aber diese Ord-*

nung ist doch nur etwas Künstliches ... Das Natürliche ... ist das Chaos. Ja, die Seele ... ist ein weites Land, wie ein Dichter es einmal ausdrückte ... Es kann übrigens auch ein Hoteldirektor gewesen sein.»

Marie blickte den jungen Mann verunsichert an. Zum Glück begann in diesem Augenblick Lili zu quengeln, und so konnte sie sich dem Kind zuwenden.

«Pass auf, Lili, dass kein Malheur passiert mit dem Jesuskind. Gib es lieber wieder zurück.»

«Verzeihen Sie, mein Fräulein, dass ich mich eben so habe hinreißen lassen, aber für mich ist der Herr Doktor der größte Dichter aller Zeiten.»

«Das ist ja schön und gut, aber wie kommt er jetzt zu seinem Buch?»

«Ich habe einen Vorschlag. Mein Dienst endet heute um sechzehn Uhr, bis dann ist das Buch hier eingetroffen, und ich liefere es dem Doktor nach Hause.»

«Das ist eine gute Idee, aber wenn es noch mehr schneit, dann kommen Sie gar nicht rauf zu uns.»

«Das lassen Sie mal meine Sorge sein, Fräulein ... äh ... Marie, wenn ich darf? ... Nässer als Sie kann man gar nicht werden. Dann wäre es ausgeglichen.»

«Gut, ich sage dem Herrn Doktor, dass Sie gegen halb fünf das Buch liefern. Die Adresse ist die Sternwartestraße 71. Dann schönen Dank. Lili, gibst du dem Herrn bitte das Jesuskind zurück?»

Zögernd streckte Lili die Hand aus und überreichte dem Buchhändler mit feierlicher Miene die kleine Holzpuppe.

«Vielen Dank, mein Fräulein. Kommst du das Jesuskind bald wieder besuchen?»

Lili nickte eifrig, und Marie gefiel, wie der junge Buchhändler mit dem Mädchen redete. Er hockte sich nieder, sah ihr in die Augen und nahm die Krippenfigur vorsichtig entgegen.

Als Marie Lili wieder in ihr Mäntelchen gewickelt und sich ihr Tuch eng um die Schultern geschlungen hatte, öffnete Oskar Novak galant die Ladentür und verbeugte sich vor ihr.

«Dann passen Sie gut auf sich auf, Fräulein Marie, dass Sie nicht im Schnee stecken bleiben. Leben Sie wohl, vielleicht sieht man sich heute Nachmittag?»

«Das glaube ich nicht, für gewöhnlich öffne ich nicht die Tür.»

«Natürlich, ich meinte nur … ach, verzeihen Sie.»

Mit einem Mal ärgerte sich Marie über ihren Tonfall. Warum war sie plötzlich so abweisend gewesen? Sie nickte dem jungen Mann zu und trat auf die Straße.

Das Schneetreiben war noch dichter geworden, die Welt schien stehen geblieben zu sein. Die Straßenbahn musste immer wieder anhalten, an jeder Ecke standen Menschen mit großen Schaufeln und versuchten, die Schneemassen vom Trottoir oder von den Gleisen zu schaffen. Mitten auf der Währinger Straße veranstalteten ein paar Kinder eine Schneeballschlacht, die vom wütenden Geschimpfe des Fleischers beendet wurde.

«Komm, Lili, wir gehen nach Hause. Setzt du dich wieder auf den Schlitten?»

Das Mädchen saß still auf der Rodel, hin und wieder streckte sie ihr Gesichtchen den Schneeflocken entgegen und versuchte, sie mit der Zunge aufzufangen.

Marie zog den Schlitten hinter sich her und stapfte,

den Kopf eng zwischen den Schultern, die Sternwarte-straße hoch. Hatte zu Beginn des Weges die kleine Lili noch fröhlich vor sich hin gesungen, wurde sie nun immer ruhiger.

«Lili, halt dich gut fest. Nicht einschlafen, sonst fällst du von der Rodel.»

Als sie die Gartenpforte erreichten, waren dem Kind doch die Augen zugefallen. Marie hob sie behutsam hoch, trug sie in den ersten Stock und legte sie dort in ihr Bettchen. Vorsichtig schälte sie sie aus dem nassen Mantel, nahm ihr die Mütze ab. Sie hatte Angst, dass sie aufwachen würde.

In ihrer Kammer zog Marie rasch die klammen Schuhe aus und schlüpfte in die Filzpantoffeln, die ihr die Vorgängerin hinterlassen hatte. Das nasse Tuch legte sie über eine Stuhllehne, dann ging sie die Treppe hinunter.

In der Küche war es warm, und es roch verlockend nach Suppe. Anna stand mit roten Wangen am Herd und rührte Mehl und Rahm in einen großen Topf. Marie stellte sich neben den Ofen und streckte ihre kalten Hände in Richtung des dampfenden Topfes.

«Na, ungemütlich da draußen, oder? Willst du einen Teller Suppe?»

«Ja, gerne. Ich kann aber auch warten, bis die Kinder essen.»

Marie hatte sich noch immer nicht so recht an den freundlichen Umgangston der Haushälterin gewöhnt. Dauernd rechnete sie damit, dass diese sie wegen irgendetwas rügen würde. Bei ihrer letzten Stelle hatte es nicht selten Klapse oder Kniffe gegeben.

«Du siehst aber ganz verfroren aus. Und ich glaube,

die Herrschaften wollen mit Heinrich mittagessen.» Anna nahm einen Teller aus dem Schrank, schöpfte eine große Kelle Suppe mit einem Stück Fleisch und stellte ihn vor Marie auf den Küchentisch. «Mahlzeit. Das ist ja ein Wetter heute, hört gar nicht mehr auf zu schneien.» Sie blickte kopfschüttelnd aus dem Fenster.

«Ich find's schön. So friedlich ist alles. Und der Heini freut sich auch.»

«Ja, ihr jungen Menschen. Aber ich in meinem Alter, ich trau mich gar nicht raus. Bin mal gespannt, ob heute Abend überhaupt jemand von den Gästen kommt. Man kann ja kaum mehr gehen. Oh, schau mal, wer da ist!»

Heinrich hatte die Gartenpforte mit so viel Schwung aufgestoßen, dass sie gegen die Mauer krachte. Kurz darauf flog auch schon die Haustür auf, und der Junge stand in der Diele und rief: «Marie, Marie, es schneit immer noch!»

Marie ließ die Suppe stehen, trat aus der Küche und nahm Heinrich seine Jacke ab, die vom Schnee ganz schwer war. Auch auf der Mütze lag eine dicke weiße Schicht, und seine Wangen waren rot.

«Wie siehst du denn aus? Komm, zieh dir was Trockenes an.»

«Wir haben Schneeballschlacht gemacht, der Paul und der Johann und ich, und der Schnee ist ganz klebrig, und er geht mir bis zum Knie, und in der Schule sind wir fast nicht mehr zur Tür rausgekommen, und am Nachmittag gehen wir doch Schlitten fahren ... oder ... wir gehen doch, oder? Du hast es versprochen!»

«Du ziehst dich jetzt erst mal um. Dein Vater möchte

mit dir mittagessen. Husch, husch, Schuhe ausziehen, Hose wechseln, Hände waschen und dann zu Tisch.»

Im Vorzimmer überprüfte Marie Heinis Hände und zog mit dem Kamm seinen Scheitel nach, da kam auch schon der Herr Doktor die Treppe runter.

«Na, Heinrich, speist du mit mir?»

«Ja, gerne, Vater. Wo ist Mutter?»

«Sie fühlt sich nicht so gut, sie hütet das Bett. Wir haben am Abend eine kleine Gesellschaft, da muss sie sich noch ein wenig erholen. Ah, Marie, haben Sie den Hustensirup geholt?»

«Ja, Sophie hat ihn der gnädigen Frau schon hochgebracht.»

«Wunderbar. Und mein Buch? Haben Sie mein Buch mitgebracht?»

Sie legte den Kamm zur Seite und räusperte sich. «Nein, leider, Herr Doktor. Das war noch nicht da. Es kommt wohl erst am Nachmittag. Aber der Buchhändler, der war so freundlich und hat gesagt, er bringt es später vorbei. So gegen halb fünf.»

«Fabelhaft. Der junge Mann oder der Herr Stock?»

«Novak heißt er, Oskar Novak, mein ich.»

«Ja, der Herr Novak, das ist ein tüchtiger Mann. Ich glaub, er geht auch viel ins Theater. So, dann wollen wir mal essen, mein Sohn.»

Er strich dem Jungen übers Haar und verschwand mit ihm im Esszimmer.

Während Marie Anna in der Küche zur Hand ging, hörte sie mit halbem Ohr, wie Vater und Sohn sich unterhielten. Der Vater fragte Heinrich, was sie denn in der Schule gerade machten, und der kleine Junge plauderte ungezwungen und fröhlich drauflos. Wieder einmal staunte Marie, wie ernst der Doktor seinen Sohn nahm, er schien sich wirklich für ihn zu interessieren, und das Kind hatte kein bisschen Angst vor ihm. Bei ihr zu Hause war niemals einfach so etwas erzählt worden. Keinen interessierte, was man erlebt hatte oder so dachte. Das Einzige, was zählte, war die Arbeit, der tägliche Kampf ums Überleben. Und nun saß da dieser Dreikäsehoch und unterhielt sich mit seinem Vater über Mathematik und die Sterne, und die beiden dachten sich lustige Reime aus. Marie spürte, wie es ihr einen Stich versetzte.

Als sie die Treppe hochstieg, kam ihr aus dem Kinderzimmer schon Lilis laute Stimme entgegen. «Papa! Papa!»

Marie öffnete die Tür und hob das Mädchen aus ihrem Bettchen. Sie war ganz warm, hatte rote Bäckchen, und die Haare klebten verschwitzt am Kopf.

«Ui, ist dir warm geworden, meine Kleine? Du wirst doch nicht krank werden?» Marie griff ihr besorgt an die Stirn, doch Lili lachte vergnügt und krähte noch mal laut: «Papa! Papa!»

«Wo ist denn mein Augenstern?» Der Herr war aus dem Speisezimmer getreten und stand jetzt am Fuß der Treppe. «Geben Sie sie mir nur, Marie, sie kann mit uns essen.»

Lili lief, so schnell sie konnte, die Treppe hinunter und warf sich ihrem Vater in die Arme. Sie schmiegte sich an ihn.

«Na, Lili, wo warst du heute?»

«Beim Jesuskind!»

«Wie, du warst beim Jesuskind? Bei welchem Jesuskind?»

«Mit Marie!»

«Wo war denn da ein Jesuskind?»

Marie schob den Kinderstuhl an den Tisch und füllte Lili ein wenig Suppe in ein Schüsselchen.

«Marie?», hörte sie den Herrn sagen.

«Ja, Herr Doktor?» Sie traute sich nicht aufzublicken.

«Waren Sie in einer Kirche heute?» Er runzelte die Stirn.

«Nein, Herr Doktor.»

«Wo hat denn Lili das Jesuskind gesehen?»

«Im Buchladen, Herr Doktor. Im Schaufenster steht eine Krippe.» Jetzt sah sie doch auf.

Ein Lächeln huschte über sein Gesicht. «Ach ja, natürlich. Die haben wir ja letzte Woche selbst gesehen!»

«Ja, Papa! Hab gehalten, Jesuskind.»

«Das ist schön. Hat dir der Buchhändler das Jesuskind gegeben?»

Lili nickte eifrig und erzählte in ihrer drolligen Sprache munter vom Schlitten und von den Schneeflocken, von dem nassen Mäntelchen und dem Bonbon in der Apotheke und eben immer wieder vom Jesuskind aus Holz.

Heinrich zappelte ungeduldig auf seinem Stuhl, baumelte mit den Beinen und konnte sich offensichtlich nur schwer zurückhalten, seine kleine Schwester nicht zu unterbrechen.

«Papa? Gehen wir rodeln?»

«Ja, Heinrich, eine Stunde hab ich Zeit. Wir gehen in den Park. Zieh dich rasch an, du weißt, wir haben heute Abend Gäste, und ich muss auch noch ein wenig arbeiten.»

Heinrich sprang begeistert auf und riss dabei beinahe die Tischdecke herunter. Und Lili begann sofort, lautstark zu protestieren, als sie merkte, dass der Ausflug in den Schnee wohl ohne sie stattfinden würde.

Sechs Gäste waren am Abend zum Essen angekündigt, und obwohl zu solchen Anlässen immer eine zusätzliche Hilfe ins Haus kam, musste Marie in der Küche mit anpacken. Lili hatte sich zum Glück schnell wieder beruhigt und spielte friedlich in ihrem Laufställchen, während die Frauen alle Hände voll zu tun hatten. Hilde vom großen Haus gegenüber war gekommen. Dort wohnte das Ehepaar Schmutzer mit seinen drei Kindern. Hilde war das Küchenmädchen und wurde bei Bedarf von den Schnitzlers «ausgeliehen». Auch wenn sie sich immer über die viel zu kleine Küche lustig machte, kam sie gerne rüber, scherzte mit Anna, und ein, zwei Mal hatte sie auch schon an Marie das Wort gerichtet. Sie waren ungefähr im selben Alter, und Marie hoffte insgeheim, sie könnten vielleicht eines Tages Freundinnen werden.

Marie hatte Spaß am Kochen, sie fand es faszinierend, was man alles zubereiten konnte. Bei ihr zu Hause hatte es meistens Kartoffeln und Haferbrei, dünne Suppen und ganz selten mal ein Stück Fleisch gegeben. So schrecklich geekelt hatte sie sich vor den Schweinehaxen, die manchmal auf den Tisch kamen, dass sie sie trotz ihres ständigen Hungers nicht hatte essen wollen. Nun zauberte Anna mit Maries Hilfe unglaubliche Köstlichkeiten. Heute gab es Kaviar als Vorspeise, davon hatte Marie noch nie gehört.

«Was soll das denn sein, die glitschigen schwarzen Kugerl!», rief sie.

Anna lachte und hielt ihr eine Messerspitze davon entgegen. «Da, kost halt mal!»

«Das schmeckt grauslich!» Marie spuckte es unwillkürlich wieder aus.

«Wir könnten es uns eh nie leisten, du hast ja keine Ahnung, was das kostet.»

Für die Suppe bereiteten sie Grießnockerl zu, als Hauptgang gab es eine Kalbskeule mit Kapernsauce und Brunnenkressesalat. Die Nachspeise hatte Anna schon am Vorabend gebacken: Eine prächtige Esterházytorte stand in der Speisekammer ganz oben auf dem Regal, damit Heini nicht auf die Idee kam, mit seinen Fingern über die Glasur zu fahren.

Gegen vier Uhr waren der Doktor und Heinrich vom Türkenschanzpark zurückgekehrt, der Junge mit vor Kälte rotem Gesicht. Die gnädige Frau war nun auch aufgestanden, ein wenig blass sah sie aus, und die Herrschaften nahmen den Tee im Wohnzimmer ein. Es war schon fast dunkel draußen, als es an der Tür klingelte. Vom Dienstmädchen war nichts zu hören und zu sehen, und kurz darauf schellte es noch einmal, diesmal etwas länger und beharrlicher.

«Mein Gott, wo ist denn dieses dumme Mädchen schon wieder? Marie, kannst du mal zur Tür gehen, ich kann hier gerade nicht weg, sonst brennen meine Zwiebeln an.» Annas Stimme war kaum zu verstehen, so laut brutzelte und zischte das Fett in der Pfanne.

Marie ging zur Haustür, und als sie sie öffnete, rieselte sogleich wieder der Schnee auf sie.

«Sie öffnen ja doch die Haustür! Ich freue mich, Sie so schnell wiederzusehen. Guten Abend.» Vor ihr stand der

Buchhändler und streckte ihr eine braune Tüte aus Packpapier hin. «Wie versprochen, das Buch für den Herrn Doktor.»

«Kommen Sie kurz herein, ich hole das Geld.»

«Gerne.» Oskar Novak trat in die enge Diele und blieb gleich hinter der Tür stehen. Da kam der Doktor aus dem Zimmer, ging direkt auf den jungen Mann zu und streckte ihm die Hand entgegen.

«Ah, der Buchhändler! Schön, dass ich den Band heute doch noch bekomme.»

«Es ist mir eine Ehre, Herr Doktor. Jederzeit wieder. Und nachdem Ihr bezauberndes Fräulein heute vor unserem Laden fast unter einer Lawine begraben wurde, ist es doch selbstverständlich, dass ich Ihnen das Buch persönlich bringe.»

«Welches bezaubernde Fräulein?», fragte Schnitzler.

«Na, Ihr Fräulein Marie, das heute mit dem Töchterchen da war.»

«Ah, Sie meinen unser Kindermädchen.» Der Herr drehte sich um, sein Blick blieb an Marie haften – fast, als würde er sie das erste Mal überhaupt sehen. Marie wiederum schaute den Buchhändler an, der erwiderte ihren Blick und wurde rot. Ein paar Sekunden starrten sie einander an, dann sah Marie zu Boden.

«Hier ist das Geld für das Buch, ich habe es auf die Kommode gelegt.» Damit verschwand sie in der Küche.

Als sie die Tür zuzog, hörte sie gerade noch, wie der junge Buchhändler ihr nachrief: «Ich hoffe, wir sehen uns bald wieder.»

In der Küche senkte Marie den Kopf über die heißen Töpfe, damit ja niemand ihre roten Wangen bemerkte.

Sie rührte heftig in der Sauce, und vor lauter Aufregung fiel ihr der Deckel einer Kasserolle laut klappernd auf den Fliesenboden.

«Was ist denn heut bloß los? Das ist ja zum Verrücktwerden mit euch! Die Sophie war auch schon den ganzen Nachmittag so ungeschickt. Wo steckt die eigentlich?», rief Anna.

«Ich weiß es nicht. Sie ist vor einer halben Stunde aufs Klo verschwunden, und seitdem hab ich sie nicht mehr gesehen. Soll ich mal nach ihr schauen?»

«Hier heißt das ‹Toilette›! Und ja, bitte. Sag ihr, sie soll ihren faulen Hintern sofort hierherbewegen, sonst setzt's was.»

Tatsächlich, die kleine Toilette für das Personal war abgeschlossen. Marie drückte ihr Ohr an die Holztür. Sie hörte ein leises Stöhnen und klopfte.

«Sophie? Bist du da drin? Ist alles in Ordnung?»

«Nein. Ich glaub, ich muss sterben. Mir ist so schlecht.»

«Brauchst du was? Die Anna fragt schon nach dir.»

«Ich würd' schon kommen, aber mir ist so schlecht, und Durchfall hab ich auch. Es geht nicht.»

«Mach doch mal die Tür auf.»

Sophie schloss langsam auf und stolperte heraus. Sie war leichenblass, hatte dunkle Ringe unter den Augen und hielt sich eine Hand vor den Mund.

«Ich glaub, ich hab was Schlechtes gegessen.»

Marie reichte ihr den Arm, Sophie stützte sich dankbar darauf und ließ sich von ihr in ihre Kammer begleiten. Dort sank sie auf das schmale Bett und schloss sofort die Augen.

«Bringst du mir einen Kübel und sagst Anna, dass ich sterben muss.»

«Nein, du musst nicht sterben. Wirst sehen, morgen geht's dir besser. Ich sag der Anna Bescheid.»

«Aber die Herrschaften haben doch heute Gäste! Ich muss servieren», protestierte Sophie.

«Das kannst du so eh nicht. Ich mach das für dich, das schaffen wir schon. Schlaf dich erst mal aus.»

In ihrer letzten Stelle hatte Marie das Speisezimmer nicht betreten dürfen, wenn die Herrschaften soupierten. Die Haushälterin hatte sie für zu ungeschickt gehalten. Nun war das Dienstmädchen krank, und sie hatte keine andere Wahl.

«Du wirst heute auftragen! Kannst du das?» Anna sah sie streng an.

«Ich glaube schon. Ja, ich kann das.»

Anna reichte ihr eine weiße Schürze. «Du weißt, immer von rechts. Und immer nur ein klein wenig aufs Teller. Den Wein schenkt der gnädige Herr selber nach, da musst du nichts tun.»

«Ja, Anna, ich werde mich bemühen. Ich schaffe das schon.»

«Ich muss hier in der Küche bleiben, sonst brennt mir alles an oder wird kalt. Außerdem will mich keiner sehen da draußen. Ich bin alt und dick.»

«Das stimmt doch gar nicht. Du bist nicht alt und dick. Du bist eine stattliche Frau in den besten Jahren.»

«Du vorlautes Ding, dir zeig ich gleich eine stattliche Frau in den besten Jahren!» Anna lachte und drohte Marie mit dem Kochlöffel.

Als Marie mit der Suppenschüssel das Speisezimmer betrat, hob Olga Schnitzler die Augenbraue. Sie winkte das Kindermädchen zu sich und flüsterte ihr zu: «Was machen Sie hier?»

«Sophie ist leider unpässlich. Sie musste ins Bett.»

«Und? Können Sie das?»

«Jawohl, gnädige Frau.»

Am Anfang hatte Maries Hand noch ein wenig gezittert, als sie die Suppe in die Teller goss, doch bald wurde sie ruhiger, denn sie merkte, dass die Gäste sie gar nicht beachteten. Es wurde gegessen und getrunken, gelacht und geredet, manchmal stimmte sogar jemand bei Tisch ein kleines Lied an. Marie störte es nicht, dass sie für die Herrschaften so gut wie unsichtbar war, sie fühlte sich trotzdem als Teil der Gesellschaft, genoss die ausgelassene Stimmung, bewunderte aus den Augenwinkeln die hübschen Damen in ihren eleganten Kleidern.

Was war das für ein Leben! Abendessen mit Freunden, angeregte Gespräche, lautstarke Diskussion. Da, wo Marie herkam, hatte man die Mahlzeiten schweigend eingenommen. Der Vater hatte zu Beginn ein kurzes Gebet gesprochen, und dann nahm jeder seinen Löffel in die Hand und versuchte, so viel wie möglich von der dünnen Suppe oder den gekochten Kartoffeln abzukriegen. Der Vater sagte manchmal etwas zur Mutter, die blickte dann betreten auf ihren Teller, und den Kindern war bei Tisch ohnehin der Mund verboten.

Einmal, Marie war vielleicht so alt wie Heini jetzt, platzte es aus ihr heraus, und sie wollte erzählen, wie die Lehrerin ihren Aufsatz gelobt hatte, da war der zweite Satz noch nicht aus ihrem Mund, als sie den Handrücken des Vaters auf der Wange spürte. Kurz und heftig hatte er zugeschlagen, so, dass Maries Kopf zur Seite flog und noch tagelang die Spuren seiner Finger in ihrem Gesicht zu sehen waren. Dem Fräulein Pühringer hatte sie erzählt, sie sei aus dem Bett gefallen, und gesprochen hatte sie bei Tisch danach nie wieder.

Der Abend zog sich in die Länge. Marie trug die Speisen auf, dazwischen bereitete sie den Kindern ihr Abendbrot und brachte Lili ins Bett. Gerade als sie Heinrich ins Badezimmer geschoben hatte, damit er sich fürs Schlafengehen umzog, rief die gnädige Frau von unten: «Marie? Schicken Sie uns doch bitte den Heini noch ein paar Minuten.»

Der Junge ließ sich das nicht zweimal sagen und stürmte die Treppen hinunter. Er liebte es, in den geselligen Runden der Erwachsenen dabei zu sein, plauderte auf seine altkluge Art über alles, was ihm in den Kopf kam. Auch er wollte später ein «berühmter Dichter» wie sein Vater werden, zurzeit interessierte er sich für griechische Mythologie. Er erzählte Geschichten, die er sich ausgedacht hatte, und die Gäste waren entzückt. Marie wartete in der Diele, bis die Herrschaften den Jungen wieder rausschickten. Sie wusste, dass er danach immer so übermütig war, dass er nur schwer einschlafen konnte.

Der gnädige Herr war eher still, vertiefte sich in ein Zwiegespräch mit seinem Gegenüber, einem Nachbarn und Freund des Hauses, dem Marie schon einige Male begegnet war. Sein Sohn Paul war Heinis bester Freund. Sie schnappte nur Bruchstücke der Unterhaltung auf. Man redete über ein Stück des gnädigen Herrn, das zurzeit wohl an fast allen Theatern Europas gespielt wurde, und über Wirtschaft und Politik. Die Damen am Tisch debattierten derweil über das Frauenwahlrecht, bis einer der Gäste zu einer Hasstirade über den ehemaligen Bürgermeister ansetzte. Er habe das Klima der Stadt vergiftet, und die Juden könnten froh sein, dass er endlich weg sei.

Marie hatte Karl Lueger einmal bei einem ihrer seltenen Spaziergänge in der Stadt erlebt. Es war ein Feiertag, und sie hatte zwei Stunden Ausgang bekommen. Vor dem riesigen Rathaus hatte sich eine Menschenmenge versammelt, wo der Bürgermeister gerade eine Rede hielt. Sie stellte sich ganz an den Rand und hörte zu. Viel verstand sie nicht, aber wie eine Gefahr wirkte der ältere, bärtige Herr nicht auf sie – eher wie ein gütiger Kaiser oder ein Opa.

Als Marie erschöpft in ihre Kammer trat, war es weit nach Mitternacht. Sie zündete die Petroleumlampe an, legte die Schürze ab, zog Kleid und Schuhe aus und schlüpfte aus der Unterwäsche. Das Flanellnachthemd war so kalt, dass es sich fast steifgefroren anfühlte, an den Fenstern sah man die Schatten der Eisblumen. Sie schaute noch einmal nach den Kindern, Heini lag wie immer zusammengerollt unter seiner Decke, und die kleine Lili hatte Arme und Beine weit von sich gestreckt und die Tuchent weggestrampelt. Marie deckte sie zu, strich ihr die Haare aus dem Gesicht.

Danach schlüpfte sie unter ihr Federbett, doch die kalte Matratze ließ sie wieder hochschrecken. So würde sie niemals einschlafen können. Also nahm sie die Lampe vom Nachttisch und tappte vorsichtig runter in die Küche. Hier stand ein Topf Wasser am noch warmen Herd. Marie füllte sich einen Thermophor voll, um ihn mit ins Bett zu nehmen.

In einer Hand die Petroleumlampe, in der anderen die Wärmflasche, öffnete sie die Küchentür und stieß einen kleinen Schrei aus. Vor ihr stand der Herr Doktor. Über dem Schlafanzug trug er seinen weinroten Morgenmantel, und er erschrak mindestens genauso sehr wie sie.

«Mein Gott, Marie! Sie haben mich aber erschreckt! Was geistern Sie denn noch hier herum, mitten in der Nacht?»

«Ich habe mir einen Thermophor gemacht, Herr Doktor. In meiner Kammer ist es so kalt, da wollte ich mir das Bett ein wenig wärmen. Verzeihen Sie bitte.» Sie deutete einen Knicks an. «Ich wünsche Ihnen eine gute Nacht, gnädiger Herr.»

Wie unangenehm die Situation war! Es war ganz und gar unschicklich, einem Dienstherrn im Nachthemd gegenüberzutreten. Sie wollte sich noch die Hände vor die Brust halten, doch in einer Hand hielt sie ja die Wärmflasche und in der anderen die Lampe.

Der Doktor brummte nur freundlich: «Ich kann mal wieder nicht schlafen. Wissen Sie, ich habe ein Ohrenleiden, das mir sehr zu schaffen macht.»

«Das tut mir leid, Herr Doktor. Wünschen Sie noch einen Tee?»

«Nein, gehen Sie ruhig zu Bett, es ist schon spät.»

Da tönte von oben die Stimme der gnädigen Frau: «Arthur? Wo bist du denn? Was schleichst du da herum mitten in der Nacht? Und mit wem sprichst du?»

«Ich komme schon, Olga. Gleich.»

Marie huschte an ihm vorbei.

«Gute Nacht, Herr Doktor», flüsterte sie. Sie fühlte sich, als hätte man sie bei etwas Ungehörigem ertappt.

«Gute Nacht, Marie.»

Marie wurde nur schwer wach. Sie hörte zwar Lili im Nebenzimmer rufen, doch zunächst baute sie das Stimmchen in ihren Traum ein. Sie träumte von ihrer kleinen Schwester Elisabeth, die eine Frohnatur gewesen war, immerzu hatte sie gelacht und geplappert, als hätte sie nicht in denselben beengten Verhältnissen gelebt wie die übrigen Geschwister. Abgöttisch geliebt hatte Marie die sechs Jahre jüngere Schwester, hatte versucht, sie vor der harten Hand des Vaters zu beschützen. Als die Kleine mit fünf an einer Lungenentzündung starb, brach für Marie eine Welt zusammen.

Jetzt, in ihrem Traum, schaukelte Elisabeth an dem Seil, das ihr Marie über den großen Nussbaum geschlungen hatte, ihre Locken glänzten in der Sonne, und sie lachte, als wäre sie das glücklichste Kind der Welt.

«Marie! Was ist los? Bist du krank? Aufstehen!» Anna war in ihre Kammer getreten und rüttelte an ihrer Schulter. «Es ist sieben! Der Heini muss doch in die Schule.»

Marie erschrak und sprang aus dem Bett. Anna holte Lili aus dem Bettchen, die heftig protestierte, weil sie ihr Morgenritual vermisste.

«Zu Marie ins Bett. Anziehen ...», rief die Kleine und

strampelte mit den Beinen. Anna sah Marie stirnrunzelnd an und nahm das Mädchen mit in die Küche.

Heinrich war übellaunig, wie erwartet war er gestern erst spät eingeschlafen, und jetzt wollte er nicht aus den Federn. Er jammerte und schimpfte, und Marie redete mit Engelszungen auf ihn ein, damit er sich anzog und ein wenig Haferbrei aß.

Die Herrschaften erschienen erst um neun Uhr zum Frühstück. Der Doktor war gut gelaunt, scherzte mit seiner Tochter, nahm sie auf den Schoß und erfreute sich sichtlich an deren Geplapper. Die Eheleute besprachen den Tag, wollten am Nachmittag in die Stadt, Einkäufe erledigen, am Abend ins Theater. Die weibliche Hauptrolle in einem Stück des gnädigen Herrn wurde neu besetzt, das wollte er sich natürlich anschauen. Marie war froh, denn sie würde einen freien Abend haben, konnte gleichzeitig mit den Kindern ins Bett und daher einmal länger schlafen.

«Ach, und Marie, übermorgen Nachmittag machen wir mit den Kindern einen Ausflug, da können Sie freinehmen», sagte Frau Schnitzler.

«Danke, gnädige Frau, das ist sehr freundlich. Aber ich hab ja am Sonntag schon meinen freien Tag.»

«Dann haben Sie halt noch einen zusätzlichen halben.»

Marie stiegen fast die Tränen in die Augen. Was für ein Glück sie hatte! Es war keinesfalls selbstverständlich, dass die vorgeschriebenen freien Sonntage alle vierzehn Tage eingehalten wurden, in ihrer letzten Stelle hatte man sie regelmäßig «vergessen». Und nun noch einen Nachmittag, einfach so!

«Danke», flüsterte sie.

Der Herr Doktor nahm Lili nach dem Frühstück mit ins Musikzimmer und spielte ihr am Klavier einfache Töne vor, die sie nachspielte. Die gnädige Frau zog sich zurück, und als der Herr Doktor Marie rief, um ihr das Kind zu übergeben, griff er nach einem kleinen Paket, das auf dem Tischchen lag.

«Ach, das hab ich ganz vergessen, Fräulein Marie. Der Buchhändler von der Währinger Straße, der gestern mein Buch hier abgegeben hat, der hat auch Ihnen etwas mitgebracht.»

Er streckte ihr das in braunes Papier eingewickelte Päckchen entgegen. Ein Lächeln huschte über sein Gesicht. *Für Fräulein Marie* stand in geschwungenen Buchstaben darauf.

«Für mich? Sind Sie sicher?»

«Ja, das steht doch da drauf. Können Sie denn nicht lesen?»

«Doch, Herr Doktor.»

«Natürlich können Sie lesen.»

Marie nahm Lili an der Hand und ging mit ihr ins Kinderzimmer. Sie setzte das Kind in die Ecke mit den Bauklötzen und öffnete mit zittrigen Händen das Paket. Es war ein Buch. Sie hatte ein Buch geschenkt bekommen! Ihre Hände strichen über den braunen Einband, fühlten das raue Papier. Noch nie hatte sie ein solch wertvolles Geschenk erhalten. *Mir zur Feier. Rainer Maria Rilke* stand darauf. Ein Briefchen fiel auf ihren Schoß, sie öffnete es und blickte auf eine geschwungene, klare Handschrift.

Verehrtes Fräulein Marie,
ich erlaube mir, Ihnen dieses kleine Präsent zu machen,

und hoffe, dass Sie sich ein wenig darüber freuen. Wenn
wir uns wiedersehen könnten, wäre ich ein glücklicher
Mensch.
Ihr Oskar

Sie wollte das Buch aufschlagen, es durchblättern, doch
es war nicht beschnitten, man konnte die Seiten nicht
öffnen.

«Lili, bleib schön hier. Ich muss nur schnell was aus
der Küche holen.»

«Was?»

«Ich komme gleich wieder.»

Anna war beschäftigt und blickte gar nicht auf, als
Marie sich ein Messer aus der Küchenschublade nahm.
Sie kehrte ins Kinderzimmer zurück und begann, die Sei-
ten aufzuschneiden. Lili schaute sie neugierig an.

«Vorlesen!»

«Nein, Lili, das ist nichts für dich. Das kann man nicht
vorlesen.» Marie schlug das Bändchen auf und las die
ersten Sätze.

«Vorlesen!», quengelte Lili.

Marie legte das Buch zur Seite und nahm ein Bilder-
buch aus dem Regal.

Die Tage gingen dahin, und Weihnachten rückte näher. Die Kinder wurden immer aufgeregter, Anna backte ununterbrochen Kekse, und Anfang der Woche war ein schöner großer Tannenbaum geliefert worden, der im Garten bei der Kellertreppe abgestellt wurde. Noch nie hatte Marie einen solch großen Christbaum gesehen, sie konnte sich gar nicht vorstellen, wie er ins Wohnzimmer passen sollte.

Nahezu ständig dachte sie an den Buchhändler, der ein paar Straßen weiter auf ihre Antwort wartete, und wusste nicht, wie sie sich verhalten sollte. Sollte sie zurückschreiben? Die Sache auf sich beruhen lassen? Unter einem Vorwand in die Buchhandlung gehen? Sie wusste es nicht.

«Anna, ich kann runtergehen in die Währinger Straße. Ich kann heute die Besorgungen machen», bot sie der Köchin an.

«Nein, nein, Marie, lass nur. Ich hab die Bestellung schon gemacht, das wird zu Mittag geliefert. Wir haben hier noch genug zu tun. Hast du das Spielzimmer aufgeräumt?»

Jeden Abend las Marie im Schein ihrer kleinen Lampe aus dem Buch, das auf ihrem Nachtkästchen lag. Nicht, dass sie alles verstand. Aber die Sätze verzauberten sie, die Wahl der Worte wirkte so richtig. Alles war genau an der Stelle, an der es sein musste. Ein Gedicht liebte sie besonders, immer wieder las sie es vor dem Einschlafen, dachte dabei an ihr Leben und das der ihr anvertrauten Kinder, sinnierte über ihre Geschwister und fragte sich, wo sie wohl sein mochten.

Du musst das Leben nicht verstehen,
dann wird es werden wie ein Fest.
Und lass dir jeden Tag geschehen
so wie ein Kind im Weitergehen von jedem Wehen
sich viele Blüten schenken lässt.

Sie aufzusammeln und zu sparen,
das kommt dem Kind nicht in den Sinn.
Es löst sie leise aus den Haaren,
drin sie so gern gefangen waren,
und hält den lieben jungen Jahren
nach neuen seine Hände hin.

Da sah sie immer die kleine Lili vor sich oder auch ihre verstorbene Schwester Elisabeth, die sich an den schönen Augenblicken erfreuen konnten und die nicht darüber nachdachten, was der nächste Tag bringen mochte. So wollte sie das Leben auch sehen, einfach nicht so viel nachdenken, nicht hadern. Es war, wie es war, und eigentlich hatte sie es doch nicht schlecht getroffen. Sie lebte in einem schönen Haus, die Menschen waren gut zu ihr, sie hatte ein warmes Bett und genug zu essen. Und sie liebte die Kinder, Heinrich und Lili, fast wie ihre eigenen.

Manchmal, wenn alle außer Haus waren, schlich Marie heimlich ins Arbeitszimmer des gnädigen Herrn. Sie betrachtete die Statue der Frau ohne Arme und mit nackten Brüsten neben seinem Schreibtisch, die gerahmten Bilder und die üppig gefüllten Regale. Sie las die Titel auf den Buchrücken, nahm hin und wieder verstohlen einen Band in die Hand, schlug ihn auf und stellte ihn rasch wieder zurück. Besonders die Bücher, die der Herr Doktor geschrieben hatte, übten eine große Anziehungskraft auf sie aus: *Die griechische Tänzerin*, *Leutnant Gustl*, *Dämmerseelen*, bald schon konnte sie alle Titel auswendig.

Die Kinder sprachen immer öfter vom Weihnachtsfest und dass es einen großen Baum geben werde und auch Geschenke. Lili träumte von einer Puppe, Heinrich wünschte sich neue Figuren für seine Zinnsoldatenarmee. Die Stimmung im Hause aber war angespannt, das Ohrenleiden des Herrn Doktor hatte sich verschlimmert, die gnädige Frau war reizbar und ungeduldig, oft auch mit den Kindern, vor allem aber mit Marie, Anna und ihrem eigenen Mann. Sophie schlich seit ihrer Magenverstimmung wie ein Schatten durchs Haus, und die gnädige Frau ließ kein gutes Haar an ihr.

Marie konnte nicht verstehen, warum Olga Schnitzler oft so zänkisch war, so unzufrieden mit allem. Dabei hatte sie doch ein Leben, von dem andere nur träumen konnten, ein schönes Haus, kluge Kinder und einen Ehemann, der ihr jeden Wunsch von den Augen ablas.

Dieses Mädel, das bei dem Doktor Schnitzler arbeitete ... irgendwie bekam er sie nicht aus dem Kopf. Fast hätte ihn der Schlag getroffen, als sie da in der Ladentür gestanden war, Schultern und Hut schneebedeckt, mit geröteten Wangen und das Haar ein wenig unordentlich. Hedwig Kramer, die Schauspielerin, die er so verehrte, dass er keines der Stücke, in denen sie mitspielte, verpasste, schien direkt vor ihm zu stehen! Es dauerte zwei Sekunden, dann hatte er seinen Irrtum erkannt. Die junge Frau, die ihn da verwundert anblickte, war natürlich *nicht* die Schauspielerin, sie sah ihr nur unglaublich ähnlich. Hoffentlich hatte sie seine Verwirrung nicht bemerkt. Schließlich war es nicht sehr schmeichelhaft für eine schöne Frau, mit einer anderen verwechselt zu werden.

Sie hatte einfach entzückend ausgesehen, wie sie da gestanden war, über und über mit Schnee bedeckt, und ihre Augen hatten so wütend aufgeblitzt, da musste er ihr einfach die Hand reichen, und sie hatte sie genommen. Und wie sie mit dem kleinen Mädchen geredet hatte, das war allzu süß. Wie alt das Fräulein wohl sein mochte? Jung sah sie aus, obwohl – ihre Augen, die hatten schon viel gesehen.

«Oskar, träumst du schon wieder?» Herr Stock rief aus

dem Ladenlokal ins enge Hinterzimmer. «Bist du endlich fertig mit der Warenübernahme? Die Kunden können ja nicht ewig warten.»

Das Weihnachtsgeschäft war in vollem Gange und die Nerven von Herrn Stock ziemlich angespannt. Den ganzen Tag kamen Leute auf der Suche nach Geschenken, das Abholfach quoll über vor lauter Bestellungen, und Oskar begann jeden Morgen eine Stunde früher als sonst, um die Lieferungen auszupacken.

Immer, wenn die Ladenglocke bimmelte, warf er einen Blick in Richtung Tür und hoffte, Marie zu sehen. Doch sie ließ sich nicht blicken. Hatte sie sein Geschenk überhaupt erhalten? Hatte der Herr Doktor ihr das Paket übergeben? Warum hatte Oskar es ihr nicht selbst in die Hand gedrückt? Warum hatte er sich bloß nicht getraut? War es das richtige Buch? Konnte das Fräulein überhaupt lesen?

Irgendwann konnte Oskar die Ungewissheit nicht mehr ertragen. Er nahm seinen ganzen Mut zusammen und schrieb auf einem Bogen Briefpapier in seiner schönsten Schrift:

Verehrtes Fräulein Marie,
ich frage mich, ob Sie mein kleines Geschenk erhalten haben und ob ich Ihnen damit eine Freude machen konnte. Hoffentlich finden Sie es nicht unschicklich, wenn ich Ihnen schreibe, dass ich Sie sehr gerne wiedersehen würde. Vielleicht ein Spaziergang im Türkenschanzpark oder in der Stadt an Ihrem freien Tag? Wenn Sie mir eine Nachricht zukommen ließen, würde mich das sehr erfreuen.
Ihnen zugetan, Oskar

Den Brief steckte er in ein Kuvert und dieses wiederum in die Innentasche seiner Weste. Wenn sein Dienst heute zu Ende war, würde er das Schreiben zur Post bringen, ganz sicher. Was sollte schon geschehen? Mehr als zurückweisen konnte sie ihn nicht.

Um kurz vor sechs verließ er den Laden, doch als er das Amt erreichte, schloss der Postmeister gerade die Tür ab. Das Kuvert blieb in Oskars Tasche stecken, und ihm war, als glühte es. Immer wieder griff er danach, versicherte sich, dass es noch da war. Oskar wusste, wenn er den Brief heute mit nach Hause nähme, dann würde er ihn morgen nicht mehr abschicken. Sein Mut würde ihn verlassen, er würde einen neuen Brief schreiben und diesen ebenfalls tagelang mit sich herumtragen.

Gedankenverloren schlenderte er durch die Gassen. Für den Abend hatte er sich eine Theaterkarte gekauft, Stehplatz, und es lohnte sich nicht, vorher noch einmal nach Hause zu gehen. Wie schön wäre es, das Fräulein einmal ins Theater einladen zu können! Er würde dann aber etwas Lustiges aussuchen, Nestroy oder Raimund. Ihre Augen blickten immer so schwermütig, ein wenig Amüsement würde sie sicher gut vertragen können.

Es waren noch eineinhalb Stunden, bis die Vorstellung begann. Er ging die Gymnasiumstraße entlang, aber an der Ecke zur Sternwartestraße zögerte er. Was machte er hier? Er konnte doch nicht einfach bei dem Herrn Doktor Schnitzler klingeln und fragen, ob das Kindermädchen zu sprechen sei. Doch seine Füße gingen einfach weiter, die Straße hoch stapfte er durch den Schnee, der sich inzwischen an vielen Stellen in Matsch verwandelt hatte. Die

Fuhrwerke und Droschken hatten das Weiß grau gefärbt, es war auch wärmer geworden, und der ganze Tag war in einen trostlosen Nebel gehüllt gewesen.

Als Oskar vor dem Haus der Schnitzlers ankam, war er etwas außer Atem. Er stand an der gegenüberliegenden Straßenseite und betrachtete die kleine Villa. Bis auf eines, ganz oben, waren alle Fenster hell erleuchtet, es sah gemütlich aus. Kurz konnte er eine Silhouette erkennen. War es das Fräulein gewesen? Aber schon war der Schatten wieder verschwunden.

Gerade als Oskar seinen ganzen Mut zusammennehmen wollte, um die Straße zu überqueren, rannten zwei Buben an ihm vorbei, die direkt auf das Haus zuliefen. Der eine blieb stehen und sah ihm ins Gesicht.

«Guten Tag, Sie sind doch der Herr Buchhändler. Wollen Sie zu meinem Vater?»

«Oh, ja – also nein. Ja, ich bin der Buchhändler, aber ich will nicht zu deinem Vater. Du hast ein gutes Gedächtnis. Wie heißt du denn, mein Junge?»

«Ich heiße Heinrich. Mein Vater hat doch vor ein paar Wochen ein Buch von Karl May bei Ihnen gekauft, das war für mich. Ich glaube, ich brauche bald ein neues.»

«Ja, jederzeit. Haben wir immer vorrätig. Du bist aber ein guter Leser.»

«Ja, und ich auch!»

Der andere Junge, der ein wenig älter aussah als Heinrich, stellte sich vor Oskar. «Ich bin Paul. Und ich geh schon ins Gymnasium!»

«Und was macht ihr noch so spät auf der Gasse, ihr zwei?»

«Pah, ist noch gar nicht spät. Ich war bei Paul zum

Spielen, und jetzt hat er mich nach Hause begleitet. Mein Vater ist aber nicht da, der ist mit meiner Mutter im Sacher zum Essen, und dann gehen sie ins Konzert.»

«Das macht nichts. Ich wollte auch gar nicht zu ihm. Ich bin einfach zufällig hier vorbeigekommen.»

«Verzeihen Sie, Herr Buchhändler, aber ich muss jetzt rein. Sonst schimpft die Marie, wenn ich zu spät komme.»

«Heinrich … ich hätte da noch eine Bitte», sagte Oskar.

«Ja?»

Oskar gab sich einen Ruck, holte tief Luft und griff in seine Tasche. «Würdest du das dem Fräulein Marie geben?» Er hielt ihm den Umschlag hin.

«Der Marie? Was ist das denn? Ein Liebesbrief?» Der Bub lachte ihn frech an.

«Das fragt man nicht!», wies Paul seinen Freund zurecht, schaute aber genauso neugierig auf das Kuvert.

«Gut, ich geb's ihr», sagte Heinrich. «Soll ich ihr etwas ausrichten?»

«Nein, nein. Einfach nur geben. Und wegen dem Karl May kannst du jederzeit kommen.»

Der Junge verschwand ins Haus, und Oskar blickte ihm nach. Wer die Tür öffnete, konnte er nicht erkennen. Der andere Junge, Paul, winkte seinem Freund noch kurz nach und verschwand dann durch den nebeligen Abend.

Das Herz klopfte Oskar bis zum Hals, als er die Währinger Straße hinunterlief und in die Elektrische sprang. Eigentlich war er viel zu durcheinander, um ins Theater zu gehen. Andererseits würde ihn das vielleicht ablenken.

Das Stück, *Die Sprache der Vögel*, fand Oskar völlig unverständlich. Es war eine Aneinanderreihung seltsamer Episoden, und der Verfasser konnte sich anscheinend nicht entscheiden, ob er eine Komödie oder eine Tragödie hatte schreiben wollen. Nach dem ersten Akt verließ Oskar die Vorstellung. Er ärgerte sich über das rausgeworfene Geld. Auch wenn die Stehplatzkarte nur zwanzig Heller kostete, war es doch eine Verschwendung gewesen. Auch schon egal, dachte er und stapfte missmutig durch den Matsch nach Hause, nicht ohne unterwegs noch ein Bier zu trinken.

Es war nicht spät, auf der Ringstraße waren trotz der Kälte noch einige Menschen unterwegs. Oskar liebte den Boulevard, den Trubel und die prachtvollen Häuser. Er konnte gar nicht oft genug hier spazieren gehen. Langsam spürte er, wie sich seine Stimmung aufhellte. Er achtete nicht auf den Weg, ließ sich einfach treiben, richtete den Blick auf die Fassaden der Bauwerke. Wie gerne würde er einmal im Sacher soupieren, im Imperial einen Kaffee trinken, doch selbst wenn er das Geld hätte, würde er sich niemals trauen, eines dieser Häuser zu betreten. Irgendwo hier saß wahrscheinlich gerade der Herr Doktor mit seiner Gemahlin und den Freunden, trank Wein und diskutierte über den *Fliegenden Holländer*. Nein, zum Diskutieren war es vielleicht noch zu früh, aber später würden sie es ganz sicher tun. Sie würden da sitzen und Reden schwingen, während er schon in seinem kalten Untermietzimmer im Bett liegen und so das Holzscheit für diesen Abend sparen würde.

Fast wäre Oskar unter die Räder einer Pferdekutsche gekommen, so sehr war er in Gedanken versunken.

«Kannst nicht aufpassen!», schrie ihm der Kutscher entgegen, und Oskar sprang erschrocken zur Seite.

Seit nunmehr zwei Jahren wohnte er in einer Seitengasse der Augartenstraße zur Untermiete, und obwohl der tägliche Weg zur Arbeit weit war, wollte er sich nicht nach einer anderen Wohnung umsehen. Das Zimmer war klein, aber behaglich eingerichtet und lag im dritten Stock eines schönen Bürgerhauses, das hieß, es war hell, im Sommer geradezu von Licht durchflutet. Oskars Vermieterin, eine wohlhabende jüdische Witwe, hatte einen Narren an ihm gefressen, verlangte wenig Geld für Kost und Logis und war alles in allem eine sehr angenehme Hausherrin. Die Wohnung erstreckte sich über die gesamte Etage, doch da Frau Rosenstein ganz allein lebte – sie und ihr Mann waren kinderlos geblieben –, vermietete sie ein Zimmer im hinteren Teil der Wohnung.

Oskar hatte den Gedanken, noch wo einzukehren, wieder verworfen. Lieber wollte er das Geld sparen, außerdem musste er morgen früh aufstehen. Er schloss leise die Wohnungstür auf, um niemanden zu stören, doch da kam auch schon Frieda, das Dienstmädchen, aus der Küche. Sie beobachtete sein Kommen und Gehen wie ein Wächter.

«Guten Abend, Frieda.»

«Guten Abend, Oskar. So früh schon zu Hause?»

Anscheinend hatte sie sich gemerkt, dass er heute Abend ins Theater gehen wollte.

«Ja, das Stück war nicht sonderlich gut. Ich bin nach dem ersten Akt gegangen.»

«Möchten Sie noch einen Tee trinken? Ich habe gerade frischen aufgebrüht.»

«Nein, danke. Ich bin müde und gehe wohl ins Bett. Ich wünsche eine gute Nacht.»

«Gute Nacht», murmelte das Dienstmädchen und zog leise die Küchentür zu.

In seinem Zimmer war es weniger kalt, als er befürchtet hatte. Das große Brikett, das er frühmorgens in den Ofen gelegt hatte, strahlte noch immer Restwärme ab. Er schlüpfte unter die Decke und nahm, wie jeden Abend, ein Buch zur Hand.

Viele Wochen hatte er gespart, dann hatte er sich endlich *Königliche Hoheit* gekauft, den neuen Roman von Thomas Mann. Doch heute konnte er sich nicht konzentrieren. Immer wieder schweiften seine Gedanken ab, manche Stellen musste er zweimal lesen, um sie zu verstehen. Er dachte an das Haus in der Sternwartestraße, an seine Bewohner. Wie mochte das Zimmer wohl aussehen, in dem Marie schlief? Wahrscheinlich noch kleiner als seines. Hoffentlich hatte sie einen Ofen und eine warme Bettdecke. Aber der Herr Doktor war sicher gut zu seinen Bediensteten. Einer, der in seinen Stücken und Erzählungen so nah bei den einfachen Leuten war, konnte kein grausamer Dienstherr sein.

Sieht ja auch nicht unglücklich aus, die Marie, dachte Oskar, ein wenig traurig vielleicht, aber mehr so eine grundsätzliche Traurigkeit, als hätte sie schwere Zeiten hinter sich. Wo sie wohl herkam? Oskar vermutete, dass sie nicht aus der Stadt war, denn er erinnerte sich an ihren Dialekt, den er aber nicht zuordnen konnte. Die wenigsten Dienstmädchen kamen aus der Stadt, viele von ganz weit her, um in Wien ihr Glück zu suchen. Meist hatten sie kein leichtes Leben, arbeiteten unter fürchterlichen

Bedingungen, nicht selten als Dirnen. Sie standen am Straßenrand, im Schatten der grauen Häuser, und sprachen die Männer an. Niemals würde er mit so einer mitgehen, er konnte sich das einfach nicht vorstellen ... mit so einem dahergelaufenen Mädel ... so ganz ohne Gefühl.

Im Wirtshaus an der Ecke, wo er manchmal ein oder zwei Biere trank, brüsteten sich die anderen Männer, mit wie vielen Mädels sie schon im Bett gewesen waren, und es war Oskar nie ganz klar, ob sie so viele erobert hatten oder ob sie die Frauen schlicht und einfach dafür bezahlt hatten. Oskar wollte sich aufsparen, für die eine. Die, die er wirklich liebte und die ihn wirklich liebte.

Er sah sich im Zimmer um. Die schweren dunklen Möbel warfen Schatten an die Wand, die Petroleumlampe flackerte, durch die alten Fenster zog es. Hatte der Bub das Briefchen wohl abgegeben? Hatte sie es gelesen? Würde sie wagen, ihm zu antworten?

Heini, jetzt bist aber spät dran! Schnell rein mit dir, Hände waschen, Nachtmahl essen.»

Marie half dem Jungen, die vom Schneematsch feuchten Schuhe auszuziehen.

«Oh, du hast ja ganz nasse Strümpf. Du wirst nach dem Essen noch ein Fußbad nehmen, damit du dich nicht erkältest. Und, habt ihr heute schön gespielt?»

«Ja, wir haben mit den Autos gespielt und dann Verstecken, und das Haus vom Paul ist viel größer als unseres, da kann man sich so gut verstecken. Und stell dir vor, der Paul hat zwei Kröten und eine Schlange. Und er wünscht sich zu Weihnachten ein Schießgewehr, eines, mit dem man echt schießen kann, und das knallt dann. So: Peng! Peng!»

Der Junge rannte aufgeregt hin und her und stellte sich vor seine kleine Schwester, die im Kinderhochstuhl saß.

«Schau, Lili, ich bin ein Soldat! Ich hab ein Gewehr und schieß dich! Peng! Peng!»

Lili lachte laut und rief: «Noch mal! Noch mal!» Sie liebte es, wenn ihr Bruder ausgelassene Späße machte. Auch Marie konnte sich das Lachen nicht verkneifen.

«So, meine Herrschaften, jetzt ist Schluss hier mit dem Unsinn! Jetzt wird Nachtmahl gegessen. Wo kommen wir denn da hin?» Anna war ins Zimmer gekommen und brachte eine Platte mit Wurst und Käse und ein paar Scheiben Brot. Sie blickte die Kinder und auch Marie streng an, und Heinrich setzte sich sofort an den Tisch. Er nahm sich ein Brot, klatschte sich Wurst darauf und biss herzhaft hinein.

«Ah, Marie. Isch hab wasch vergessn!»

«Heini, wie oft soll ich dir noch sagen, dass man mit vollem Mund nicht spricht? Du glaubst wohl, weil die Eltern ausgegangen sind, kannst du hier Faxen machen. Und Marie, du lässt dem Buben zu viel durchgehen.»

«Tut sie nicht.» Heinrich hatte sein Brot runtergewürgt und blitzte die Köchin mit seinen braunen Augen herausfordernd an. «Die Marie ist lieb zu uns, und hübsch ist sie auch, und die schimpft nicht immer gleich.»

Marie war ganz gerührt, und auch Anna musste lächeln. «Na, dann ist's ja gut, wenn die Marie hübsch ist und nicht so viel schimpft. Was wolltest du denn vorhin sagen? Was hast du vergessen?»

«Das ist geheim. Nur für die Marie.»

Sosehr Anna auch nachbohrte, er ließ sich nichts aus der Nase ziehen, lächelte das ganze Abendessen und genoss es augenscheinlich, ein Geheimnis zu haben.

Als Anna sich wieder in die Küche zurückzog, ging Marie mit den Kindern ins Badezimmer. Sie ließ Heinrich die Wanne mit heißem Wasser ein und versuchte, Lili mit einem Lappen das schmutzige Gesichtchen abzuwischen, bevor sie sie in den Schlafanzug steckte.

«Was ist denn nun dein Geheimnis, Heini?»

«Da!» Er wühlte in seiner Hosentasche und holte einen zerknitterten Briefumschlag heraus. «Der ist für dich.»

73

«Wo hast du denn den her?» Ihr Herz pochte.

«Den hab ich bekommen, und er ist für dich. Bitte schön.»

Fräulein Marie stand auf dem Umschlag, und sie erkannte die geschwungenen Buchstaben sofort.

«Heini! Warum hast du diesen Brief?»

«Der Herr stand vor dem Haus und hat ihn mir gegeben. Vorhin, als ich nach Haus gekommen bin.»

«Du sollst doch nicht mit fremden Menschen reden. Vor dem Haus? Hier? Da war der?» Marie stürzte ans Fenster.

«Der ist doch längst weg. Er hat mir den Brief gegeben und ist dann gegangen.» Heinrich lachte, war sichtlich stolz auf seine Rolle als Brieftaube. «Und fremd ist der nicht. Das ist der Buchhändler von der Währinger Straße, den kennen wir doch.»

«Ja, da hast recht, Heini. Und jetzt ab in die Wanne, es ist schon spät.»

«Ja, magst du den Brief denn nicht aufmachen?»

«Später. Wenn ihr endlich im Bett seid und ich meine Ruh hab.» Sie steckte den Umschlag unter die Schürze und versuchte, das Zittern ihrer Hände zu verbergen.

«Wahrscheinlich ist er verliebt und will dich heiraten.»

«Ach, was redest denn da für einen Blödsinn, Heini?»

«Die Anna Katharina, die ist auch in mich verliebt, weißt du? Aber das Mädchen, das ich heirate, das muss ein weißes Kleiderl und blonde Locken haben.»

«Jetzt ist aber Schluss mit dem Gerede. Du bist viel zu jung zum Heiraten. Du trocknest dich jetzt ab und gehst dann schön dein Buch lesen.»

Später las Marie Lili aus dem Märchenbuch vor, länger als sonst, und Heinrich vertiefte sich in seinen Karl May. Als die beiden endlich schliefen, ging Marie noch einmal hinunter, um Anna beim Aufräumen zu helfen. Die Küche war aber schon blitzblank, die Köchin saß am Küchentisch und blätterte in der Zeitung.

«Magst einen Tee?», fragte Anna.

«Ich wollte früh ins Bett.»

«Ich hab ja nicht gefragt, ob du mit mir ins Kasino gehst, ich hab gefragt, ob du einen Tee willst.» Anna stand auf und stellte eine zweite Tasse auf den Tisch. Marie setzte sich, Anna schenkte ein. «Na, gefällt's dir denn hier bei uns?»

«Ja. Es ist so schön hier. Ich möchte nicht mehr weg.»

Schon nach der ersten Woche hatte sich Marie nicht vorstellen können, das Haus der Schnitzlers jemals wieder zu verlassen und anderswo zu arbeiten. Mehrmals am Tag fiel ihr ein, dass sie ja immer noch auf Probe hier war, und der Gedanke, wieder fort zu müssen, ließ ihr die Tränen in die Augen steigen. Nun war sie schon mehr als zwei Monate hier, und bis jetzt hatte sich niemand dazu geäußert, ob sie bleiben durfte oder nicht. Aber zu fragen traute sie sich auch nicht.

«Na, musst ja nicht gleich weinen, Kindchen.»

«Ja, glaubst du denn, ich kann bleiben?»

«Warum denn nicht? Es ist doch alles in Ordnung, oder? Die Kinder mögen dich, der Heini findet dich sogar fesch», Anna kicherte ein wenig, «und die Herrschaften sind auch zufrieden.»

«Aber sie sagen nichts!»

«Was sollen sie denn sagen?»

«Na, dass sie zufrieden sind zum Beispiel. Dass ich bleiben darf.»

«Die haben doch ganz andere Dinge im Kopf. Da denken die gar nicht dran. Die gnädige Frau sowieso nicht, und der Herr Doktor, der ist doch schon längst wieder in irgendein Theaterstück vertieft.»

«Hast du schon mal eins gesehen?»

«Ein Stück vom Herrn Doktor? Ich?» Anna lachte auf. «Nein, das ist nichts für mich. Ich geh doch nicht ins Hofburgtheater. Das ist was für die gescheiten Leut.»

«Meine Oma, die wollt immer, dass ich einmal ins Theater gehe.» Marie schaute aus dem Fenster und folgte mit dem Blick den wirbelnden Schneeflocken.

«Deine Oma? Warum?»

«Einfach so. Sie hat immer gesagt, ich soll in die Stadt gehen, in einem schönen Haus wohnen, in ein feines Lokal essen gehen und ins Theater.»

«Das mit der Stadt und dem schönen Haus hast du ja schon geschafft. Wer weiß, vielleicht gehst auch noch einmal ins Theater. Lebt sie denn noch, deine Oma?»

«Ich weiß nicht.» Marie hatte seit drei Jahren nichts mehr von ihrer Familie gehört, obwohl sie der Mutter jedes Mal, wenn sie umgezogen war, einen Brief mit ihrer neuen Adresse geschickt hatte. Eine Antwort hatte sie noch nie bekommen. «Und gelesen? Hast du schon mal etwas gelesen vom Herrn Doktor?», fragte sie.

«Nein. Also einmal, da hab ich ein Stück probiert, im Wohnzimmer steht das Buch, da hab ich mal reingeschaut. Ich hab den Titel schön gefunden, *Liebelei*, das klingt doch gut, oder? Ist aber nichts für mich. Ich les lieber die Heftln vom Kolporteur, mit Liebe und Schmerz und so.»

Anna blickte auf die Abendzeitung vor sich und zog ein Büchlein darunter hervor, auf dessen Titelblatt eine spärlich bekleidete Frau mit dunklen Locken zu sehen war, die von einem muskulösen Mann auf ein Pferd gehoben wurde.

«Die gnädigen Herrschaften wollen aber nicht, dass ich die lese, darum versteck ich sie immer ein bisserl.» Sie schob die Zeitung wieder drüber. «Aber schau mal, hier steht was über den Kaiser.» Sie beugte sich über die Zeitung und las laut vor: «‹Der Kaiser arbeitet wieder mehr als früher. Er verlässt bereits um vier Uhr dreißig das Bett, um dann bis sechs Uhr Korrespondenz zu erledigen. Nach einem leichten Frühstück und der Zeitungslektüre …› Kaiser möchte ich auch nicht sein. Obwohl, in so einem Schloss wohnen, das wär schon schön.»

«Aber hier ist's doch auch ein bisschen wie in einem Schloss», erwiderte Marie.

«Ach, du bist lieb, Kinderl. Ja, für manche wär das wohl ein Schloss. So, jetzt geh du mal schlafen, ich bleib noch auf, bis die Herrschaften nach Haus kommen. Die gnädige Frau will dann meist noch eine heiße Milch mit Honig. Schlaf gut.»

Während Marie am Küchentisch gesessen hatte, hatte sie immer wieder unter ihre Schürze gefasst und das knisternde Papier des Umschlags berührt. Jetzt, als sie endlich in ihrem Zimmer war, konnte sie nicht mehr an sich halten und riss ihn auf. Das Papier war ohnehin zerknittert, hatte unter Heinrichs Händen und ihrer Schürzentasche gelitten. Hastig las sie die Zeilen und setzte sich dann auf die Bettkante.

Verehrtes Fräulein Marie nannte er sie, und spazieren gehen wollte er mit ihr. Mein Gott, was sollte sie jetzt nur tun? Was machte man in einer solchen Situation? Müsste sie jetzt zurückschreiben? Zu ihm in die Buchhandlung gehen? Durfte man überhaupt mit einem Mann, den man erst zweimal gesehen hatte, spazieren gehen? War das nicht unschicklich? Vielleicht sollte sie gar nicht darauf antworten. Ach, warum hatte sie keine Mutter oder Schwester oder eine beste Freundin, die sie um einen Rat bitten konnte? Sollte sie Anna fragen, was nun zu tun sei? Was würde die sagen?

Marie war viel zu aufgeregt zum Schlafen. Sie lag hellwach in ihrem Bett, den Brief in den Händen, und starrte auf den Plafond. Lange hielt sie es nicht aus im Bett, ihre Beine kribbelten, trotz der Kälte war es ihr zu warm unter der Decke. Sie trat ans Fenster.

Es hatte wieder zu schneien begonnen, lange stand sie da und betrachtete die tanzenden Schneeflocken im Schein der Straßenlaterne. Irgendwann sah sie die Herrschaften nach Hause kommen, die gnädige Frau lachte schrill auf, als sie aus dem Wagen stieg und mit ihren hohen Knöpfstiefeln im Schnee versank.

Marie trat ein Stück zur Seite, damit sie ja nicht gesehen wurde, und beobachtete, wie der Herr seiner Frau nun galant den Arm reichte und sie den kurzen Weg zum Haus führte. Er sah so viel älter aus als sie, fast als wäre er ihr Vater. Wo hatten sich die beiden wohl kennengelernt? Hatte er ihr auch Briefe geschrieben? Hatte sie zurückgeschrieben? Wahrscheinlich im Theater oder in der Oper, da konnte man gut anbändeln, konnte sich Blicke zuwerfen von einer Loge zur anderen. Marie hatte bisher wenig Gelegenheit gehabt, jemandem Blicke zuzuwerfen, ins Theater würde sie wohl auch nie gehen, und wenn sie an die Männer im Wirtshaus dachte, schauderte sie.

Dieses Gefühl, das sich da in ihrem Bauch breitmachte, war ihr gänzlich unbekannt. Mit ihren achtzehn Jahren hatte sie noch nicht einmal länger die Hand eines Mannes gehalten, geschweige denn einen geküsst. Natürlich wusste sie ungefähr, wie das mit den Kindern passierte. Dass sie aber so etwas freiwillig mit einem Mann tun könnte, war für sie unvorstellbar. Seufzend ging sie zurück in ihr Bett und hoffte, endlich Ruhe zu finden.

Gerade war sie eingenickt, da weckte sie ein lautes Krachen. Gleich darauf hörte sie, wie jemand die Treppe rauf- oder runterpolterte. Marie ging ganz leise zur Tür und öffnete sie. Sie hörte den Doktor mit seiner tiefen Stimme etwas brummen, konnte aber nicht verstehen, was er sagte. Die Eheleute waren wohl im Salon, Zigarettenrauch wehte schwach zu Marie hoch. Immer wieder hörte sie die schrille Stimme der gnädigen Frau, einzelne Wörter drangen bis in ihre Kammer.

«… genau gesehen, wie du sie angesehen hast … und sie … immer … die Kinder … liebst … Betrüger …!»

Olga Schnitzler klang völlig außer sich, fast hysterisch, und einmal mehr wunderte sich Marie über dieses Paar. Die gnädige Frau war um so viel jünger als ihr Mann. Musste sie sich ernsthaft Sorgen machen, dass er ein Auge auf eine andere Frau geworfen hatte? Er war doch eigentlich ein gemütlicher älterer Herr mit seinem stattlichen Bauch und dem Bart, wenngleich von einer würdevollen Erscheinung. Machte er wirklich anderen Damen schöne

Augen? Ganz ein schlechtes Gewissen hatte Marie, so als Lauscherin an der Tür, doch sie war einfach zu neugierig. Das Ehepaar einen Stock unter ihr war nun im heftigen Streit, ein Wort gab das andere, die beiden schrien sich an, wobei er eindeutig ruhiger war als sie.

In Maries Elternhaus hatte es solche Streitereien nicht gegeben. Der Vater und die Mutter lebten mehr oder weniger still nebeneinanderher, verbunden nur durch die Arbeit, die niemals aufzuhören schien. Und wenn es Streit gab, dann war es der Vater, der heftig und laut wurde, mit der Faust auf den Tisch haute, und die Mutter stand still daneben und wartete, bis der Ausbruch vorbei war. Niemals hätte sie sich getraut, ihm Widerworte zu geben, der Vater hätte sie windelweich geprügelt. Einmal nur, Marie wusste es noch genau, es war am Weihnachtsabend, als sie acht war, da hatte die Mutter die Stimme erhoben, um sich zu verteidigen. Sie hatte dem Vater erklären wollen, warum sie ein paar Holzscheite mehr in den Ofen geworfen hatte als üblich. Der Satz war noch nicht zu Ende gesprochen, da war die Mutter schon gegen das Ofenrohr geflogen. Danach war der Vater wortlos zu Bett gegangen. Die Narbe an Mutters Wange hatte viele Jahre rot geleuchtet, als Erinnerung an diesen Weihnachtsabend.

Und nun lebte Marie hier bei einem Ehepaar, das sich stritt und zankte, die Frau hatte immer das letzte Wort, ging wie eine Furie auf den Mann los, und der schien sie eher gutmütig abwehren und beschwichtigen zu wollen. Er klang müde, als wünschte er, das Gewitter möge einfach rasch vorüberziehen und er könnte endlich schlafen gehen.

Das Wortgefecht dauerte etwa eine Viertelstunde, dann schienen die beiden erschöpft, und es wurde ruhiger. Man hörte ein leises Klirren, vielleicht stießen sie mit Gläsern an, und man konnte nicht mehr verstehen, was sie sagten. Behutsam zog Marie die Tür zu.

Sie versuchte, auf andere Gedanken zu kommen, zündete ihre Lampe noch einmal an und blätterte in dem Buch auf ihrem Nachtkästchen. Warum hatte er ihr gerade dieses Buch geschenkt? War es Zufall, oder bedeutete es etwas? Sie begann zu lesen, konnte sich aber nicht konzentrieren, überflog ein paar Seiten, bis sie schließlich das Licht ausmachte und einschlief.

Schon wieder wurde sie von einem Geräusch geweckt, diesmal ein Rufen oder Wimmern. Marie hatte keine Ahnung, wie lange sie geschlafen hatte. Benommen stand sie auf und ging ins Kinderzimmer nebenan, um nach Lili zu schauen.

Das Mädchen hatte das Federbett weggestrampelt und Arme und Beine weit von sich gestreckt. Als Marie sich über das Bettchen beugte, um sie zuzudecken, drehte Lili sich um und begann, heftig zu atmen. Marie strich ihr über das Köpfchen, da bemerkte sie, wie heiß die Kleine war. Ihr Körper strahlte eine Hitze aus, die Marie fast die Hand zurückziehen ließ. Sie erschrak. Was sollte sie tun? Es musste weit nach Mitternacht sein, im Haus war es still, alle schliefen. Sollte sie den gnädigen Herrn wecken? Schließlich war er Arzt. Vielleicht übertrieb sie, kleine Kinder bekommen schließlich rasch hohes Fieber, am nächsten Tag konnte es schon wieder weg sein.

Sie nahm die Kleine aus dem Bettchen, wickelte sie in eine Wolldecke und setzte sich mit ihr in den Schaukelstuhl, der am Fenster stand. Lili war aufgewacht, ihr

Blick flackerte, sie griff Marie immer wieder ins Gesicht, berührte ihre Wangen, ihren Mund, ihre Augen, als würde sie nicht erkennen, in wessen Armen sie lag. Sie begann, leise zu weinen, warf sich unruhig hin und her. Marie setzte sie noch einmal in ihr Bettchen, ging ins Badezimmer nebenan und tränkte zwei Handtücher mit kaltem Wasser.

Sie erinnerte sich, dass ihre Mutter ihrer Schwester damals kalte Wadenwickel gemacht hatte, als sie hoch fieberte, und natürlich dachte sie im nächsten Augenblick daran, dass die Schwester das Fieber nicht überlebt hatte. Maries Herz pochte stark. Lili hatte sich hingelegt, und als Marie ihr die nassen Tücher um die Unterschenkel wickelte, reagierte sie nur mit einem leichten Zucken.

Ganz langsam schlich Marie die knarrende Treppe hinunter ins Souterrain, klopfte zaghaft an die Tür von Annas Kammer. Keine Reaktion. Marie öffnete die Tür einen Spaltbreit und sah die Umrisse des mächtigen Körpers der Haushälterin unter der Bettdecke. Sie schnarchte leise. Marie trat ans Bett, berührte Annas Schulter und rüttelte sie sanft.

«Anna, wach auf. Bitte, wach auf!»

Anna grunzte unwillig, drehte sich um und zog sich die Bettdecke bis ans Kinn hoch.

«Anna, bitte! Lili ist krank, ich weiß nicht, was ich tun soll. Bitte wach doch auf!»

Schlagartig war die Haushälterin wach. «Was ist los? Wie, krank? Sie war doch ganz munter am Abend.»

«Sie hat sehr hohes Fieber. Sie ist gar nicht richtig bei sich. Oh Gott, du musst mir helfen! Soll ich den Doktor aufwecken?»

«Warte. Ich komme. Ich schau mir das an.»

Ächzend erhob sich Anna aus ihrem Bett, schlüpfte in ihre Filzpantoffeln und warf sich einen geblümten Schlafrock über.

Lili war wieder eingeschlafen, ihre Augenlider flatterten, und sie hatte den Mund weinerlich verzogen. Der kleine Körper glühte.

«Ui, das sieht nicht gut aus. So hohes Fieber.»

Marie begann zu weinen, und Anna herrschte sie an. «Das bringt jetzt gar nichts, wenn du flennst! Du musst die Nerven bewahren. Los, geh und weck den Herrn Doktor, der hat eh einen leichten Schlaf.»

Marie war noch nie im Schlafzimmer der Herrschaften gewesen, und als sie nach einem kurzen Pochen sofort ein leises «Ja bitte?» hörte, öffnete sie vorsichtig die Tür und tat einen Schritt über die Schwelle. Der Doktor saß aufrecht im Bett, sie konnte nur seine Umrisse erkennen, die im Schein des Flurlichts ein wenig unheimlich aussahen.

«Was ist denn los, Marie? Wissen Sie, wie spät es ist?»

«Ja, Herr Doktor. Verzeihen Sie bitte, aber die Lili ist krank. Sie hat so hohes Fieber und wacht gar nicht richtig auf, und da hab ich so eine Angst gekriegt um sie, und Anna hat gesagt, ich soll Sie wecken.»

«Jaja, schon gut. Ich komme.»

Marie zog die Tür wieder zu und lief die Treppe hoch ins Kinderzimmer. Anna saß im Schaukelstuhl, hielt das Mädchen im Schoß und murmelte vor sich hin.

«Gegrüßet seist du, Maria, voller Gnade, der Herr ist bei dir, du bist gebenedeit unter den Weibern, und gebenedeit ist die Frucht deines Leibes ...»

Sie verstummte, als der Herr Doktor den Raum betrat.

«Zeigen Sie, wo ist meine Kleine?»

Behutsam nahm der Doktor den schlaffen Körper des Kindes entgegen, legte ihn auf das kleine Kanapee und fühlte mit der Hand ihre Stirn. Er zog Lilis Augenlider nach oben, ihre Augen waren seltsam verdreht, legte seinen Kopf an ihre Brust.

«Sie hat sehr hohes Fieber. Machen Sie weiter Wadenwickel und schauen Sie, dass sie nicht zu tief einschläft. Sie muss bei uns bleiben. Wickeln Sie sie gut ein. Ich gehe in mein Arbeitszimmer und schaue wieder rein. Versuchen Sie, leise zu sein, damit der Heini nicht aufwacht. Mehr können wir nicht tun. Und wenn Sie glauben, dass es hilft, dann beten Sie ruhig weiter. Wer weiß …»

«Ich, ich bleibe bei ihr.» Marie stellte sich an das Kinderbettchen und versuchte, ihre Stimme fest klingen zu lassen.

«Ja, aber Sie müssen wach bleiben. Schaffen Sie das?»

«Natürlich, Herr Doktor. Ich lass doch Lili nicht allein. Ich passe auf.»

«Gut, wechseln Sie die Wadenwickel jede halbe Stunde, und wenn eine Verschlechterung eintritt, dann holen Sie mich sofort.»

«Natürlich, Herr Doktor.»

Als der Herr aus dem Zimmer getreten war, blickte Anna Marie besorgt an. «Nicht auszudenken, wenn dem Kind was zustoßen würd. Sie ist sein Augenstern. Er würde niemals darüber hinwegkommen.»

«Geh ruhig wieder schlafen, ich passe auf», sagte Marie.

«Bist du sicher, dass du nicht einschläfst?»

«Natürlich bin ich das. Geh ruhig.»

«Hier hast du meinen Schlafrock, es ist sehr kalt. Das

können wir nicht brauchen, dass du auch noch krank wirst.»

Marie wickelte sich in den viel zu weiten Schlafrock der Haushälterin, zog den Schaukelstuhl ganz nah neben das Kinderbettchen und legte sich noch eine Wolldecke auf die Knie.

«Gute Nacht, Anna.»

«Gute Nacht, Marie. Und wenn du merkst, dass du zu müde wirst, dann holst du mich.»

Es war eine seltsame Nacht für Marie. Und trotzdem spürte sie eine große Ruhe, wie sie da in dem Stuhl saß, das Kind nicht aus den Augen ließ und die wenigen Lieder, die sie in ihrer Kindheit und Jugend gelernt hatte, leise vor sich hin summte. In regelmäßigen Abständen befühlte sie Lilis Stirn, stopfte die Decke unter dem Körper fest und erneuerte die Wadenwickel. Mit der Zeit wurde die Kleine ein wenig ruhiger, warf sich nicht mehr hin und her, und wenn Marie sie ansprach, öffnete sie widerwillig die Augen und blickte sie erstaunt an. Einmal fragte sie: «Anna?», ein anderes Mal begann sie, nach dem Papa zu rufen, und der stürzte kurz darauf ins Kinderzimmer.

«Ja, Lili. Ich bin da, mein Schatz. Dein Papa ist da.» Er nahm das Kind aus dem Bett, sie schmiegte ihr Köpfchen an seine Schulter und seufzte tief. «Das Fieber scheint ein wenig gesunken zu sein. Marie?»

«Ja?» Sie hatte sich ans Fenster gestellt und lehnte die Stirn gegen die eiskalte Scheibe. Sie fühlte sich völlig erschöpft und war gleichzeitig hellwach, nahm alles um sich herum überzeichnet wahr, die Möbel im Zimmer, die verschneiten Bäume vorm Fenster, den großen

Mann, der den kleinen, schlaffen Körper in seinen Armen hielt.

«Gehen Sie sich jetzt ein wenig ausruhen. Anna soll dem Heini das Frühstück zubereiten, und Sie schlafen ein bisschen.»

«Ja, Herr Doktor. Wie Sie wünschen. Herr Doktor?»

«Ja?»

«Darf ich Sie etwas fragen?» Marie flüsterte fast, sie nahm ihren ganzen Mut zusammen.

«Sicher. Fragen Sie!»

«Darf ich bleiben?»

«Nein, Sie sollen sich jetzt ein bisschen ausruhen. Wir haben nichts davon, wenn Sie uns auch noch krank werden.»

«Ich meine, ob ich bei Ihnen bleiben darf. Bei Ihnen im Haus und den Kindern.»

«Wie meinen Sie das? Wo wollen Sie denn hin?»

«Na ja, ich bin doch nur zur Probe eingestellt, und da wollt ich fragen, ob die Herrschaften denn zufrieden sind mit mir und ob ich bei Ihnen bleiben darf.»

Sein Blick ruhte jetzt auf ihr. «Ja, natürlich dürfen Sie bleiben. Wollen Sie denn?»

«Ja. Ich möcht nichts lieber wie bei Ihnen bleiben. Ich liebe die Kinder. Ich danke Ihnen, Herr Doktor, Sie sind zu gütig.»

Marie machte einen tiefen Knicks, und fast hätte sie dem Herrn die Hand geküsst, doch er machte eine abwehrende Bewegung und sagte: «Jetzt gehen Sie in Ihr Zimmer und ruhen Sie sich aus. Ich werde den Herrn Doktor Pollak kommen lassen, damit er Lili untersucht.»

«Jawohl, Herr Doktor.»

Marie schlüpfte unter die kalte Bettdecke, nachdem sie vorher noch einmal den Brief durchgelesen hatte, um ihn dann, schön gefaltet, unter ihr Kopfkissen zu legen. Sofort fiel sie in einen traumlosen Schlaf, und als Anna sie später weckte, wusste sie zunächst nicht, welche Tageszeit war und wo sie sich befand. Dann fiel ihr alles schlagartig wieder ein – das kranke Kind, die durchwachte Nacht, der Brief unter ihrem Kopfkissen.

Inzwischen war der Arzt da gewesen und hatte Lili untersucht. Das Fieber war tatsächlich gesunken, sie schlief jetzt ruhig in ihrem Bettchen. Heini war schon in der Schule, und in der Küche warteten ein großes Häferl Kaffee und zwei Buttersemmeln auf Marie. Gerade als sie sich hingesetzt hatte, kam die gnädige Frau in die Küche, und Marie sprang auf.

«Bleiben Sie ruhig sitzen, Marie, essen Sie Ihr Frühstück. Ich danke Ihnen für heute Nacht. Vielen, vielen Dank.»

«Ach, gnädige Frau, das ist doch selbstverständlich. Hauptsache, der Kleinen geht es wieder besser.»

Als Olga Schnitzler die Küche verlassen hatte, brannten Maries Wangen wie Feuer, und die dicke Anna kicherte in ihren Suppentopf.

«Na, ihr zwei werdet ja noch richtig dicke Freundinnen.»

Oskar, hast du das gelesen?» Friedrich Stock wedelte mit der Zeitung vor seinem Gesicht herum.

«Nein, was denn? Ein Skandal? Wieder mal ein Buch zensuriert?»

«Nein, hören Sie sich das an: ‹Immer schwieriger wird es für den Buchhändler, bei der Überfülle der Neuerscheinungen, die jedes Jahr der Büchermarkt hervorbringt, ein möglichst vollständiges Lager auf allen Gebieten der Wissenschaften zu halten und nicht nur die moderne, momentan aktuelle Literatur, sondern auch die herrlichen älteren Erscheinungen, die bereits unsere Eltern erfreuten und oft mit Unrecht als abgetan gesehen werden, mit gleicher Sorgfalt zu pflegen. Um möglichst allen wie immer gearteten Ansprüchen des Publikums gerecht werden zu können, hat die Firma Lechner, Wien, 1. Bezirk, Graben 31 ihr Verkaufslokal vollständig umbauen und derart praktisch einrichten lassen, dass nunmehr ein dreimal so großes Bücherlager in demselben untergebracht werden kann. Ein Besuch dieses vornehmen Geschäftshauses wird jedermann leicht davon überzeugen. Der große Weihnachtskatalog wird gratis abgegeben.›

Das ist doch eine Frechheit, was der Lechner da für eine Reklame kriegt! Ich mein, der zahlt nicht mal was dafür. Und jetzt fahr'n alle runter in die Stadt, weil's viel schicker ist.»

«Nein, das glaub ich nicht. Wir haben doch auch fast alles da.» Oskar blickte sich in dem kleinen Raum um, der über und über mit Büchern gefüllt war. Nicht eine freie Fläche gab es, die Kasse konnte man kaum erkennen, so hoch türmten sich die Bücherstapel links und rechts auf dem Ladentisch.

«Ja, aber schick ist es bei uns nicht. Es ist einfach nur voll. Grüß Gott, Frau Sinnhuber! Was kann ich für Sie tun?»

«Haben Sie diesen neuen Nachlass von Tolstoi da?», fragte die Dame, die gerade den Laden betreten hatte.

«Selbstverständlich. Hier, bitte sehr, Band eins. Band zwei ist gestern erst gekommen, und der dritte kommt dann im Jänner. Wie hätten Sie es denn gerne? Broschiert oder in Halbleinen?»

«Halbleinen, bitte schön. Und wenn Sie es mir als Geschenk verpacken würden.»

«Ja, gerne. Oskar? Machst ein schönes Packerl für die gnädige Frau?»

Frau Sinnhuber blieb dann noch länger im Laden, und am Ende ihres Besuchs türmte sich ein stattlicher Bücherstapel auf der Ladentheke. Kinderbücher, ein großer Atlas, der neue Altenberg und ein dickes Kochbuch. Mit dem Auftrag, alles als Weihnachtsgeschenk zu verpacken und spätestens am nächsten Tag zu liefern, verabschiedete sich die Kundin.

«Sehen Sie, Herr Stock. Zu uns kommen sie auch, die Leut. Die Stadt ist doch viel zu weit weg, das wär doch unbequem.»

«Ja, hast eh recht. Kannst du morgen die Bücher liefern?»

«Mach ich. Wo wohnt sie denn, die Frau Sinnhuber?»

Friedrich Stock zog eine Karteikarte aus dem Kasten. «Irgendwo da oben an der Sternwarte. Warte, ich hab's gleich – Türkenschanzstraße.»

«Soll ich es gleich heute noch liefern? Ich kann ja nach der Arbeit vorbeigehen.»

«Wenn sich's ausgeht.»

Schon waren die nächsten Kunden in den Laden getreten, und Herr Stock war in seinem Element. Erzählte von Büchern, schwärmte vom neuen Roman von Jakob Wassermann, schimpfte übers Wetter. Oskar, der sonst an dem ganzen Trubel großen Spaß hatte, war heute nicht ganz bei der Sache. Er übernahm die Lieferungen, packte Weihnachtspäckchen, kassierte, schichtete die Neuerscheinungen nach und dachte dabei an das Fräulein Marie. Wie sie ihn angesehen hatte, in der Diele! Die Wangen gerötet, schüchtern, aber dennoch mit festem Blick.

«Oskar, jetzt träum doch nicht schon wieder! Die *Buddenbrooks* bitte vom Lager. Leinen. Und zwar flott jetzt!»

Oskar ging ins kleine Hinterzimmer und konnte hören, wie Friedrich Stock einem der Stammkunden zuraunte: «Ich weiß nicht, was mit dem los ist. So ein Träumer, wie der die letzten Tage ist – zu nichts zu gebrauchen.»

«Wahrscheinlich ein Frauenzimmer», lachte der ältere Herr, und als Oskar wieder nach vorne kam, die *Buddenbrooks* in der Hand, grinsten die beiden ihn vielsagend an.

«Na, wie heißt es denn, dein süßes Mädel?»

«Ich habe keine Ahnung, wovon Sie sprechen.»

Um kurz nach sechs waren endlich alle Kunden draußen. Herr Stock machte die Kasse, Oskar räumte ein wenig auf, stellte neue Bücher in die Schaufenster und wischte den Boden.

«War doch ein ganz guter Tag heute.» Energisch schob Stock die Kassenlade zu. Dann blickte er Oskar an. «Und jetzt sag mal, was ist eigentlich mit dir los?»

«Was soll denn los sein?»

«Oskar, ich kenne dich, da bist du noch in kurzen Hosen rumgelaufen. Ich seh doch, dass du was hast.»

Das stimmte, Friedrich Stock war für ihn wie ein Vater. Oskar arbeitete nun schon vier Jahre in der Buchhandlung, doch sie kannten sich seit langer Zeit, denn Friedrich Stock war der engste Freund seines verstorbenen Vaters gewesen.

«Komm, jetzt erzähl's mir schon.»

Oskar schluckte. «Ich glaub, ich hab mich verliebt.»

«Wie, du glaubst? So etwas weiß man.» Stocks Augen leuchteten.

«Ja eh. Also, wenn ich Tag und Nacht an sie denken muss und immer glaub, da steht sie, und wenn ich nicht schlafen kann und nichts essen, weil ich gar keinen Appetit hab, und wenn ...»

«Dann bist du eindeutig verliebt. Mensch, Bub, rennst ständig ins Theater und liest Bücher, da müsstest du doch inzwischen wissen, wie das ist.»

«Ja, aber dass es so arg ist, das wusste ich nicht.»

«Wo hast sie denn kennengelernt, deine Angebetete?»

«Hier im Laden. Sie kam vor ein paar Tagen herein und hat ein Buch abgeholt.»

«Und das hat gereicht, dass du völlig aus dem Häuschen bist? Ist es gar eine Stammkundin?»

«Ja, sie hat so … so schön ausgesehen. Zuerst hab ich sie mit einer Schauspielerin verwechselt, wie sie da so stand.»

«Und wer ist die junge Dame? Kenn ich sie?»

«Nein, sie ist keine Kundin. Sie hat für ihren Dienstherrn ein Buch abgeholt.»

«Oje, ein Mädchen! Köchin? Stubenmädchen?»

«Kindermädchen. Sie ist Kindermädchen beim Doktor Schnitzler.»

Friedrich Stock starrte ihn ein paar Sekunden schweigend an, und Oskar wurde ganz verlegen. Seine Wangen brannten. Dann begann Stock, laut zu lachen.

«Nein, du bist mir einer! Das Kindermädchen vom Doktor Schnitzler! Na, das glaub ich, dass die fesch ist.»

«Wie meinen Sie das?»

«Ach, du hast doch alles gelesen und im Theater gesehen, was der große Dichter von sich gegeben hat. Das ist doch kein Geheimnis, dass der auf die süßen jungen Mäderl steht.»

«Herr Stock! So eine ist sie nicht. Sie ist eine anständige Person. Und außerdem ist der Herr Doktor ein verheirateter Mann und Familienvater.»

«Als wenn das schon mal jemanden abgehalten hätte! Aber nun gut, wie geht das jetzt weiter mit deinem Mädel? Wie heißt sie denn?»

«Marie. Und ich weiß auch nicht, wie das jetzt weitergeht. Ich hab ihr ein Buch geschenkt, Rilkes Gedichte. Und ihr einen Brief geschrieben, dass ich sie gerne wiedersehen würde.»

«Und?»

«Bis jetzt keine Antwort.»

«Wann war das?»

«Vorgestern.»

«Na, du musst ihr schon ein wenig Zeit geben. Die kann doch nicht einfach weg von ihrer Dienststelle und hier reinplatzen.»

«Aber sie könnte doch zurückschreiben.»

«Sei nicht so ungeduldig. Aber weißt du, was? Wohnen die nicht da oben in der Sternwartestraße? Du musst doch noch der Sinnhuber die Bücher bringen, das ist ums Eck. Dann gehst du beim Herrn Doktor Schnitzler vorbei und fragst das Mädchen, ob es am nächsten freien Tag mit dir spazieren geht.»

«Das trau ich mich nicht.»

«Was soll schon passieren? Schlimmstenfalls gibt sie dir einen Korb. Komm schon, dein Vater würde dir das Gleiche raten.»

«Meinen Sie?»

«Sicher. Weißt du, wie dein Vater deine Mutter kennengelernt hat?»

«Nein. Wissen Sie es denn?»

«Natürlich. Er hat es mir mehr als einmal erzählt. Sie hat in einem kleinen Geschäft gearbeitet, das gegenüber seiner Werkstatt lag. Und er ist am Tag sicher zwanzigmal hingegangen, hat immer nur eine Kleinigkeit gekauft: eine Semmel, ein Stück Schnur, eine Salzgurke, eine Seife. Das hat er mehrere Tage lang gemacht, und dann hat er ihr statt dem Geldstück ein Büchlein hingelegt. Das hat er selbst gebunden, und in dem Büchlein stand nur ein Satz: ‹Gehen Sie mit mir einen Kaffee trinken?›»

Oskar sah ihn mit großen Augen an.

Friedrich Stock lachte. «Was glaubst du, ist sie mitgegangen? Ja! Und ein halbes Jahr später waren sie verheiratet. Also, das schaffst du auch. Aber jetzt ist's schon spät. Geh nach Hause, und morgen bringst du der Frau Sinnhuber die Bücher. Und dann fasst du dir ein Herz.»

Als Oskar Novak auf die dunkle Währinger Straße trat, war er so aufgewühlt, dass er beschloss, trotz der Kälte ein Stück zu Fuß zu gehen. Er hatte so gar keine Lust auf das Menschengedränge in der Elektrischen.

Bei der Volksoper strömte gerade das Publikum in die Vorstellung, und kurz überlegte Oskar, sich noch um eine der Stehplatzkarten anzustellen. Ein wenig Musiktheater zur Zerstreuung? Am Spielplan stand *Der Kuhreigen. Musikalisches Schauspiel in drei Akten*, doch als Oskar einen Blick auf die herausgeputzten Damen und die eleganten Herren warf, fühlte er sich zu schäbig für einen Theaterbesuch. Außerdem – etwas Lustiges, das konnte er heute ohnehin nicht gebrauchen.

Wie sein Vater um die Mutter geworben hatte: Diese Geschichte hatte er heute das erste Mal gehört, und am liebsten wäre er noch einmal zurückgegangen und hätte Herrn Stock mit Fragen gelöchert. Was hatte die Mutter geantwortet auf die Frage des Vaters? Was hatte er getragen an dem Tag, als er sie ansprach? Was hatte sie angehabt, als sie ihm das erste Mal auffiel? Welche Frisur trug sie? Hatte sie gleich zugesagt, oder musste er sie öfter fragen? Wo sind sie dann hingegangen? Und wann hatte der Vater das erste Mal ihre Hand genommen?

Natürlich wusste Oskar, dass auch Friedrich Stock all

das nicht wissen konnte. Oskar würde diese Dinge nie erfahren, denn seine Eltern waren beide tot, seit er zehn war. Es gab so vieles, was er nicht wusste, und manchmal hatte er sogar Angst, seine Erinnerung an ihre Gesichter könnte verblassen. Oskar sah noch ganz deutlich den Vater vor sich, über ein Buch gebeugt, wenn er als kleiner Junge von der Schule kam und direkt zu ihm in die Buchbinderwerkstatt schlüpfte. Den Geruch von Papier und Leder und auch den beißenden Gestank des Leims hatte er nach all den Jahren immer noch in der Nase.

Er erinnerte sich, wie der Vater kurz aufsah und ihm zulächelte, ihm manchmal das Buch entgegenhielt, an dem er gerade arbeitete, und ihn fragte: «Na, mein Sohn? Gefällt dir die Farbe?», und dann so tat, als würde er alles ändern, wenn Oskar sagte, dass ihm etwas daran nicht gefalle. An die Mutter, die im Hinterzimmer von ihrer Arbeit aufstand, um ihm sein Essen zuzubereiten. Danach machte er seine Hausaufgaben, und wenn er fertig war, ging er dem Vater zur Hand. Er liebte Bücher über alles, ihren Einband, das Geräusch des Papiers beim Umblättern, den Geruch der Werkstatt. Und seit er lesen, also eigentlich seit er denken konnte, steckte er seine Nase in jedes Buch, das ihm zwischen die Finger kam. Das Schönste waren die seltenen Gelegenheiten, an denen sie ein Buch mit Goldschnitt herstellten. Er durfte dann das Eiweiß anrühren, der Vater legte das Blattgold auf, und Oskar war immer ganz ehrfürchtig, wenn er mit seinen Fingern über den fertigen glänzenden Schnitt streichen durfte.

Inzwischen war Oskar fast beim Schottentor angekommen, doch ruhelos war er noch immer. Seine Füße waren nass, die Handschuhe hatte er im Laden vergessen, und so versuchte er, die klammen Hände in den Manteltaschen zu wärmen. Er kramte ein paar Kronen hervor und beschloss, in einem Wirtshaus eine Suppe zu essen und ein Bier zu trinken. Er hatte gar keine Lust auf sein einsames Zimmer, auf die neugierige Frieda, und selbst die nette Frau Rosenstein wollte er heute nicht sehen.

Die Kellnerin stellte ihm einen Teller mit heißer Gerstensuppe hin, sogar ein paar Stücke Fleisch schwammen darin, und das Bier schmeckte frisch.

«Na, mein Süßer, was schaust so traurig?» Sie lachte ihn an, sah adrett aus mit ihren Zöpfen und den Sommersprossen. «Hat sie dich sitzenlassen? Um Mitternacht hab ich Dienstschluss, dann gehst mit mir Schlitten fahren!»

Oskar lächelte die Kellnerin verlegen an und senkte dann rasch den Blick auf seine Suppenschüssel. Er sah Maries Gesicht ganz deutlich vor sich, so als hätte er sie schon viele Stunden betrachtet. Obwohl es nur zwei kurze Momente waren, hatten sich ihre Gesichtszüge in sein Gedächtnis eingebrannt. Was hätte seine Mutter ihm geraten? Hätte er sie überhaupt um Rat gefragt? Oder eher seinen Vater? Machten erwachsene Söhne so etwas? Er wusste es nicht, schließlich war er nie ein erwachsener Sohn gewesen. Er hatte seine Eltern verloren, als er ein Kind war, und damals hatte er im Traum noch nicht daran gedacht, den Vater zu fragen, wie man es anstellen könnte, wenn man in ein Mädchen verliebt war. Nun konnte er nicht mehr fragen, den Vater gab es nur noch in seinen Erinnerungen.

Es war ein unerträglich heißer Sommertag gewesen, und die Eltern hatten Oskar hinaus zum Spielen geschickt, obwohl sie in der Buchbinderwerkstatt viel zu tun gehabt hatten. So hatte er mit ein paar Nachbarbuben auf einer Wiese zwischen den Häusern herumgetollt, Fußball gespielt, und als ihn gegen Abend der Hunger nach Hause getrieben hatte, da hatte er kein Zuhause mehr gehabt.

Bereits am Beginn der kleinen Gasse hielt man ihn auf, zwei Schutzmänner versperrten ihm den Weg, keiner durfte durch. «Aber ich wohne da!», hatte Oskar gerufen und war schnell unter den Armen der beiden Männer durchgeschlüpft. Da, wo das Haus der Novaks gestanden hatte, war nur noch eine schwarze Ruine zu sehen. Das Dach war einfach weg, die Fensterscheiben zerplatzt, eine dicke Rauchwolke hing über der engen Gasse. Die Feuerwehrmänner hatten noch immer alle Hände voll damit zu tun, das Übergreifen des Brandes auf die Nachbarhäuser zu verhindern. Keiner bemerkte den kleinen Oskar, wie er da vor seinem Elternhaus stand, das gleichzeitig auch die Werkstatt seines Vaters war. Als wäre er aus einem Traum erwacht, schrie er plötzlich: «Mutter! Vater!», und eine der Nachbarinnen zog ihn weg, drehte ihn so, dass er nicht mehr hinsehen konnte.

An die nächsten Tage hatte Oskar kaum Erinnerungen. Er hatte sich in einem Schlafsaal mit zehn anderen Buben wiedergefunden, nicht gesprochen, nichts gegessen, und wenn die Schwestern ihn zwangen, das Bett zu verlassen, dann war er den anderen wie im Traum gefolgt. Nach ein paar Tagen wurde er abgeholt und mit einem Fiaker zu einem Friedhof gebracht, die Beisetzung seiner

Eltern erfolgte im engsten Kreis. Ein paar Nachbarn und Kunden hatten einen Kranz gekauft. Oskar war der einzige Verwandte gewesen, er hatte jedenfalls nie jemanden aus der Familie der Eltern kennengelernt. Der schwarze Anzug, den sie ihm geliehen hatten, war viel zu groß, er verschwand fast in ihm. Irgendwann stand ein großer, stattlicher Herr vor ihm, fasste ihm unters Kinn, und Oskar hob den Blick. Er erkannte einen der liebsten Stammkunden seines Vaters, den Buchhändler Friedrich Stock, der eigentlich schon mehr ein Freund der Familie als ein Kunde war. Er reichte Oskar ein in blaue französische Seide eingebundenes Büchlein.

«Oskar, das hat dein Vater einmal für mich gemacht. Nun soll es dir gehören. Es tut mir leid, was passiert ist, aber ich kann vorerst nichts für dich tun. In meinem Haus ist kein Platz, meine Frau ist verstorben, und ich habe keine Zeit für ein Kind. Aber wenn du alt genug bist, dann kommst du zu mir und wirst Buchhändler, abgemacht?» Er streckte Oskar die Hand entgegen, und der erwiderte den Händedruck.

In den nächsten Jahren verging kein Tag, an dem Oskar sich nicht vorstellte, wie es wäre, in einem Laden zu stehen, umgeben von Büchern und von Menschen, die kämen, um diese Bücher zu kaufen und zu lesen. Und so ertrug er die Einsamkeit und den Drill, die ungerechten Strafen der Lehrer, die Wanzen im Bett und die Drangsalierungen der größeren Buben im Heim. Und jedes Jahr zu Weihnachten kam Herr Stock zu Besuch, brachte ihm ein Buch mit, und endlich, als Oskar fünfzehn war, da durfte er mit. Er zog in eine winzige Kammer, die der Buchhändler einigermaßen behaglich eingerichtet hatte,

sein schmales Bett stand zwischen turmhohen Bücher-
stapeln, doch das machte dem Jungen nichts aus. Hauptsache, er war endlich raus aus diesem Kinderheim.

«Na, gnädiger Herr? Noch ein Bier?»

«‹Gnädiger Herr›! So hat mich auch noch keine ge-
nannt. Nein, zahlen bitte.»

«Wieso, schaust doch aus wie ein gnädiger Herr. Bist
ein Studierter? Na, wenigstens lachst wieder! Kommst
bald wieder?»

«Schau ma mal.»

Was so eine warme Suppe und ein Bier doch manchmal ausmachten! Plötzlich fühlte sich Oskar leichter und
beschwingter. Er lief die Währinger Straße hinunter, auf
dem Maximilianplatz blieb er kurz stehen und drehte sich
einmal im Kreis. Wie schön und erhaben das alles aussah,
hinter ihm die riesige Votivkirche, vor ihm das imposante
Palais Ephrussi. Was für ein Glück er doch hatte, in solch
einer Stadt zu leben, inmitten der prachtvollen Häuser,
der vielen Theater, der gebildeten Menschen.

In diesem Moment fing es wieder an zu schneien, ein
Maronibrater pries laut seine Ware an, und Oskar wusste, alles würde gut werden.

Seit ein paar Tagen ging es Lili deutlich besser. Weil sie vorerst nicht rausdurfte, versuchte Marie, das lebhafte Mädchen im Haus zu beschäftigen, ohne dass es den Vater beim Arbeiten allzu viel störte. Sie blieben oben im Kinderzimmer, schnitten kleine Anziehpuppen aus Karton aus und brachten unzählige Male die alte Puppe und den Teddybären ins Bett. Marie hörte dem plappernden Mädchen nur mit halbem Ohr zu. Wie konnte ein so kleines Kind nur so viel sprechen? Ganz gesund war Lili immer noch nicht, ihre Augen waren glasig, manchmal ging ein rasselnder Husten durch den kleinen Körper. Marie musste sie immer wieder überreden, von ihrem Tee zu trinken.

So richtig bei der Sache war Marie nicht. Mehrmals ging sie zum Fenster, lehnte die Stirn gegen die kalte Scheibe und blickte über die Straße auf das große Haus des Fotografen Ferdinand Schmutzer, mit dem die Familie Schnitzler auch gesellschaftlichen Umgang hatte. Das Kindermädchen der Schmutzers trat gerade mit dem Kinderwagen aus dem Gartentor und winkte Marie zu.

Ferdinand Schmutzer war Professor an der Universität, ein jung wirkender, schmaler Mann mit einem lustigen Schnauzer. Die Familie war erst dieses Jahr in die prächtige Villa mit dem parkähnlichen Garten eingezogen, vorher waren die Herrschaften schon ein paarmal bei den Schnitzlers zu Gast gewesen. Heini hatte Marie bereits, eine Woche nachdem sie ins Haus gekommen war, erzählt, dass der Herr Schmutzer den Kaiser fotografiert hatte, was ihn nachhaltig beeindruckte. Und Lili liebte das Baby der Schmutzers, das so einen modernen Namen hatte, dass Marie ihn sich nicht merken konnte. Es war erst im Sommer geboren worden, und Lili wollte es immer herumtragen wie eine große Puppe.

Im Wohnzimmer der Villa brannte Licht. Obwohl es erst Nachmittag war, war der Himmel grau und trüb. Marie träumte sich gerne in die Häuser des Cottage, stellte sich vor, wie sie selbst in einem der Salons saß, ein Buch oder eine Handarbeit auf dem Schoß, während eine fröhliche Kinderschar um sie herum spielte. Es musste herrlich sein, als Kind in solch einem Haus aufzuwachsen, mit riesigen Fenstern, Terrasse, Garten.

«Marie!» Heinrichs laute Stimme riss sie aus ihren Tagträumen. «Marie, ich geh jetzt mit dem Vater spazieren.»

«Ja, Heini, schön, zieh dich ganz warm an, Mütze und Schal nicht vergessen.»

Wie gerne wäre Marie mitgegangen. Ihr fehlte die Luft, der Wind auf ihrer Haut. Seit drei Tagen hatte sie keinen Fuß vor die Tür gesetzt. Wenn sie wirklich morgen einen freien Tag hätte, würde sie in jedem Fall spazieren gehen, egal ob es stürmte und schneite.

«Komm, Lili, ich lese dir ein Buch vor.»

«Ja, Liederbuch. Ich will Liederbuch.» Lili schnappte sich das große Buch *Sang und Klang fürs Kinderherz* und legte sich damit auf die kleine Chaiselongue. «Kommst du, Marie? Schau!»

Sie klopfte mit ihrer Hand einladend neben sich, und Marie musste lachen. Sie kannte zwar die wenigsten Melodien aus dem Buch, doch meistens reichte es dem Kind, wenn sie die Texte vorlas. Minutenlang betrachtete Lili die Illustration am Buchdeckel, auf der aus einem aufgeschlagenen Buch zahllose Figuren und Tiere schlüpften und über das Bild wanderten. Lili versuchte, ihrem Kindermädchen die Lieder zu lehren, und war dabei streng und gewissenhaft wie eine kleine Lehrerin. Am liebsten mochte sie zurzeit das Lied vom guten Kameraden und erheiterte die ganze Familie, wenn sie aus voller Kehle das traurige Soldatenlied sang.

Heute aber war Lili müde und gereizt, keines der Lieder wollte sie bis zum Ende hören, und schon nach ein paar Seiten war sie auf dem Sofa eingeschlafen. Marie deckte sie zu und ging leise in die Küche, wo Anna am Herd stand.

«Wieder Gäste?» Marie stibitzte sich eine Karotte aus der Suppe.

«Die üblichen, Nachbarn eben. Ich mach eine Suppe, danach gibt es Tafelspitz mit Semmelkren. Was macht die Kleine?»

«Schläft. Hat immer noch ein wenig Fieber, glaub ich. Hoffentlich wird es nicht wieder schlimmer.»

«Ich muss gleich noch mal in die Währinger Straße runter, was besorgen», sagte Anna.

«Ach bitte, lass mich doch gehen! Ich war gar seit Ewigkeiten nicht draußen.»

«Seit Ewigkeiten? Du bist gut. Na, ich könnt schon

verzichten auf den Weg. Schau mal, wie grausig es draußen ist.» Anna zog die Gardine zurück und blickte stirnrunzelnd in den dämmrigen Nachmittag.

«Das macht mir gar nichts aus. Ich gehe gern. Schaust du so lange auf die Lili?»

«Natürlich. Also, wir brauchen noch einen Laib Brot und frische Butter, ein wenig Wurst und Speck vom Fleischhauer. Ah ja, und wenn du schon unten bist, kannst du gleich noch ein Buch abholen, das der Herr Doktor bestellt hat.»

«Ein Buch?»

«Ja, ein Buch. Hat er bestellt. Jetzt weißt du ja, wie das geht, oder? Wart, ich geb dir Geld.»

Marie holte ihren warmen Mantel und das große Schultertuch, setzte den Hut auf und zog ihn tief ins Gesicht. Als sie das Geld von Anna entgegennahm, hoffte sie, dass die Köchin ihre Aufregung nicht bemerkte.

Marie atmete tief ein, als sie auf die Sternwartestraße trat. Der Wind pfiff immer noch durch die Gassen, und man konnte nicht erkennen, ob es leicht schneite oder der Schnee nur von den Bäumen fiel. Sie wollte erst zum Bäcker, dann zum Fleischhauer und später im kleinen Gemischtwarenladen in der Gentzgasse noch ein paar Haarbänder für sich kaufen. In die Buchhandlung würde sie ganz zum Schluss gehen, es so lange wie möglich rausschieben.

Jetzt ärgerte Marie sich, dass sie Anna nicht eingeweiht hatte. Vielleicht hätte sie ihr einen Rat geben können. Was sollte sie tun? Sich mit dem jungen Mann verabreden? Aber sie kannte ihn ja gar nicht. Andererseits, wie sollte sie ihn kennenlernen, wenn sie sich *nicht* mit ihm verabredete?

Den Einkaufskorb mit den Besorgungen hatte sie fest unter dem Arm, als sie auf die hell erleuchtete Buchhandlung zuschritt. Ständig gingen Menschen zur Tür raus und rein. Wenn da so viel los war, konnte sie vielleicht schnell das Buch abholen und einfach wieder verschwinden, ohne dass jemand sie bemerkte.

Vor dem Schaufenster blieb sie einen Moment stehen, betrachtete die Weihnachtskrippe und lächelte, als sie an Lili dachte und an ihre Begeisterung für das Jesuskind. Sie las die ausgestellten Buchtitel, und ihr Herz hüpfte ein wenig, als sie ein Werk ihres Dienstherrn entdeckte.

Marie öffnete die Tür. Das laute Bimmeln der Ladenglocke ließ sie zusammenfahren, doch niemand nahm Notiz von ihr. Die kleine Buchhandlung war voller Menschen, die aufgeregt durcheinandersprachen. Damen in eleganten Pelzmänteln und Hüten ließen sich beraten, ein paar Herren in dunklen Wintermänteln standen beisammen und diskutierten mit einem älteren Herrn im Anzug, der der Buchhändler sein musste. Marie stellte sich schüchtern in eine Ecke und tat, als betrachtete sie die Bücher. In Wirklichkeit nahm sie nichts wahr.

«Haben Sie den neuen Altenberg schon gelesen?»

«Nein, ich kauf nichts mehr von jüdischen Schriftstellern. Hofmannsthal, Altenberg, Wassermann, Schnitzler … ich kann sie schon nicht mehr sehen.»

«Na, da wird's aber recht düster in der Literatur.» Der Buchhändler sprach den Satz freundlich, aber bestimmt aus. Sein Gegenüber drehte sich demonstrativ zur Seite.

«So, mein Fräulein, was kann ich für Sie tun?»

Marie spürte, wie sie rot wurde. «Ich möchte gerne ein Buch abholen.»

«Sehr wohl.»

Friedrich Stock ging in Richtung des Abholfaches. In dem Moment trat Oskar Novak aus dem hinteren Zimmer in den Verkaufsraum. Er trug einen riesigen Stapel Bücher und blieb wie angewurzelt stehen. Marie wusste, sie sollte nun den Blick senken, doch wie gebannt starrte sie ihn an.

«Ähem, Fräulein? Auf welchen Namen wurde das Buch denn bestellt?», fragte der Buchhändler.

«Äh, Herrn Doktor Schnitzler. Herrn Doktor Arthur Schnitzler.» Plötzlich hatte Marie das Gefühl, dass alle im Laden zu ihr blickten.

«Aha, ja, ich glaube, Sie werden wohl besser von meinem jungen Kollegen bedient. Oskar? Du kannst der jungen Dame sicher helfen.»

Oskar Novak legte den Bücherstapel ab und eilte nach vorne. Er stellte sich vor Marie, deutete eine Verbeugung an und sagte leise: «Schön, dass Sie gekommen sind.»

Marie lächelte ihn an. «Ich wurde geschickt, weil ich ein Buch abholen soll.»

«Ja, natürlich. Warten Sie, ich hol es sofort.» Kurze Zeit später war er zurück. «Ah, da haben wir es schon. Die neue Biographie über Richard Wagner. Bitte schön. Kann ich sonst noch etwas für Sie tun?»

«Nein, danke.»

Er umklammerte das bestellte Buch, als hielte er ein Pfand in Händen. Er beugte sich ein wenig über den Ladentisch und blickte Marie an. «Haben Sie mein kleines Präsent erhalten?»

«Ja, ich habe es erhalten. Und ich bedanke mich recht herzlich dafür.»

«Würden Sie vielleicht mit mir einen Kaffee trinken gehen oder ein wenig spazieren?»

«Ich weiß nicht.» Marie flüsterte fast, doch dann gab sie sich einen Ruck und sagte mit fester Stimme: «Ja. Spazieren gehen würde ich sehr gerne.»

Sie hörte sich den Satz aussprechen und erstarrte dabei. Wie war ihr das über die Lippen gekommen? Woher hatte sie den Mut genommen? Ihr Herz klopfte bis zum Hals.

«Ja natürlich! Sehr gerne. Aber heute kann ich leider nicht.»

«Ich auch nicht. Aber morgen Nachmittag habe ich frei.»

«Darf ich Sie abholen?», fragte er.

«Ja.»

«Treffen wir uns an der Ecke Sternwartestraße/Türkenschanzstraße?»

«Um wie viel Uhr passt es Ihnen?»

«Vier Uhr.»

«Ja, ich werde da sein. Ich freue mich außerordentlich.»

«Dann bis morgen.»

«Wie schön.»

«Auf Wiedersehen. Bis morgen.»

«Äh ... Herr Oskar?»

«Ja?»

«Das Buch für den Herrn Doktor. Das würde ich gerne mitnehmen.»

«Natürlich.» Oskar schlug das Buch in Papier ein und schob es ihr zu.

«Auf Wiedersehen.»

«Äh ... Fräulein Marie?»

«Ja?»

«Sie müssten es noch bezahlen, bitte.»

Marie hatte das Buch einfach in den Korb gesteckt, um so schnell wie möglich den Laden zu verlassen.

«Oh, entschuldigen Sie bitte. Wie viel bekommen Sie?»

«Fünf Kronen, bitte.»

Sie versuchte, gelassen aus dem Geschäft zu treten, doch kaum war sie zur Tür hinaus, rannte sie mit wehenden Röcken um die nächste Straßenecke und lehnte sich heftig atmend an eine Hausmauer.

«Ist Ihnen nicht gut, mein Fräulein?» Ein älterer Herr mit Zylinder blieb stehen und sah sie besorgt an.

«Nein, nein, es geht schon. Vielen Dank.»

«Haben Sie genug gegessen? Ist Ihnen schwindlig?»

«Danke, es ist schon wieder gut.»

Inzwischen war es dunkel geworden. Ihr Herz schlug immer noch stark, als sie die Türkenschanzstraße hochstapfte und schließlich die Einkäufe zu Anna in die Küche brachte.

«Bringst du dem Herrn Doktor sein Buch gleich? Er ist im Arbeitszimmer.»

Marie klopfte zaghaft, und als sie ein dumpfes «Ja, bitte» hörte, öffnete sie die Tür und trat ein. Arthur Schnitzler stand an einem Pult, im Raum war es düster, nur eine kleine grüne Lampe erleuchtete einen Stapel Papier auf dem Schreibpult. Er sah kurz auf, runzelte die Stirn. Wie so oft hatte Marie das Gefühl, er wisse überhaupt nicht, wer sie sei und was sie in seinem Haus zu suchen habe.

«Herr Doktor, ich habe Ihr Buch abgeholt. Bitte schön.»

«Ah, Fräulein Marie, sehr freundlich von Ihnen. Bei dem Wetter!»

«Das macht mir nichts. Ich bin gerne draußen.»

«Ja, das versteh ich. Der Heini und ich, wir waren heute auf dem Schafberg, er wird müde sein. Schauen Sie bitte, dass er pünktlich ins Bett kommt.»

«Jawohl, Herr Doktor.» Marie blieb zögernd in der Tür stehen. «Darf ich Ihnen sonst noch etwas bringen? Vielleicht einen Tee?»

«Nein, danke, Marie. Wenn die Kinder im Bett sind, brauche ich Sie nicht mehr.»

«Gute Nacht.»

«Gute Nacht.»

Heinrich saß am Küchentisch und verspeiste eine Portion Tafelspitz mit Kartoffelpüree, und auch Lili hatte schon wieder Appetit und panschte mit ihrem Löffel im Teller herum.

«Kalt draußen, gell?» Anna blickte auf.

«Hm.»

«Was ist denn mit dir los? Du siehst aus, als hättest ein Gespenst gesehen.»

«Wo ist das Gespenst? Wo ist das Gespenst? Ich will auch ein Gespenst sehen!», rief Heini.

«Geh, du Dummerl, das sagt man doch nur so. Es gibt doch gar keine Gespenster.»

Marie setzte sich zu den Kindern und schob Lili mit dem Löffel Püree in den Mund. Dabei wanderte ihr Blick durch die Küche, die in ein warmes Licht getaucht war. Sie betrachtete die dicke Anna mit ihren erhitzten Wangen, die beiden Kinder, die sie so ins Herz geschlossen hatte. Heini erzählte anschaulich von seinem Ausflug auf den Schafberg, er war so glücklich, wenn sein Vater etwas mit ihm allein unternahm. Lili trällerte vor sich hin. Und Marie saß einfach nur da und fühlte sich geborgen.

«So, junger Mann. Waschen, Zähneputzen, ab ins Bett.» Sie klatschte in die Hände.

«Ich bin noch gar nicht müde.» Der Protest kam recht halbherzig, Heini unterdrückte bereits ein Gähnen und hatte schon ganz kleine Augen.

«Kommt, Kinder, wir gehen rauf. Heini, du kannst noch ein wenig lesen. Lili, dir les ich noch was vor.»

«Vom Christkind?»

«Ich glaube, wir haben kein Buch über das Christkind.»

«Ich glaub, es gibt kein Christkind.» Heinrich sah Lili herausfordernd an.

«O ja.» Lili nickte so heftig, dass ihre Haare in alle Richtungen flogen. «Lili gehalten, in der Buchhandlung!»

«Das ist doch nicht das echte Christkind!»

«Wo ist echte Christkind, Marie?»

«Im Himmel, Lililein, im Himmel.»

«Bei meiner Oma?»

«Deine Oma? Ja, die ist auch im Himmel.»

Es war noch früh, als Marie am nächsten Morgen durch Lilis Gebrabbel im Nebenzimmer geweckt wurde. Der erste Gedanke, als sie die Augen aufschlug, galt der bevorstehenden Verabredung am Nachmittag. Warum hatte sie seinem Vorschlag nur zugestimmt? Am liebsten würde sie alles wieder rückgängig machen, so durcheinander war sie. Gut, sie konnte sich immer noch entscheiden, am vereinbarten Treffpunkt einfach nicht zu erscheinen. Andererseits wusste er, wo sie wohnte. Was, wenn er es wagen würde, hier aufzutauchen?

Marie trat ans Fenster, der Sturm hatte sich gelegt, vielleicht würde heute ein schöner Tag werden. Wie jeden Morgen holte sie die Kleine zu sich ins Bett. Da saß sie nun, wie ein Püppchen, das Haar vom Schlaf zerzaust, eingemummelt in die Bettdecke, und sah zu, wie Marie sich anzog.

Der Vormittag zog sich endlos hin. Marie machte Heini das Frühstück und passte auf, dass er pünktlich aufbrach. Dann ging sie Anna ein wenig in der Küche zur Hand und räumte die beiden Kinderzimmer auf. Sie sortierte Lilis Puppen und staubte Heinrichs Zinnsoldaten ab. Die Kleine folgte ihr auf Schritt und Tritt, und Marie hörte ihrem ständigen Gerede kaum zu.

Gleich nach dem Mittagessen machte sich die gesamte Familie zum Aufbruch bereit. Der Herr Doktor bestellte einen Wagen, Marie half, die Kinder anzuziehen. Heini konnte seine Mütze nicht finden, Lilis einer Fäustling war verschwunden, die gnädige Frau schimpfte. Marie konnte genau sehen, wie der Herr die Augen verdrehte. Sie bemühte sich, die Kinder ohne großes Theater fertig zu machen. Als die gnädige Frau sie zurechtwies, dass sie wohl nicht in der Lage sei, die Sachen der Kinder in Ordnung zu halten, spürte sie, wie ihr die Tränen aufstiegen.

Endlich waren alle bei der Tür draußen. Marie sank erschöpft auf den Küchenstuhl und wischte sich mit der Hand über die Stirn. Anna lehnte an der Abwasch und hielt die Kaffeekanne schon in der Hand.

«So, wir zwei trinken jetzt erst mal einen schönen Kaffee. Oder hast du was vor?»

«Nein, nein, ich hab nichts vor.»

Anna stellte Tassen und für jede von ihnen ein Stück Kuchen auf den Tisch. «Eigentlich solltest du was vorhaben. Es ist dein freier Nachmittag.»

«Ich hab eh was vor. Später dann.»

«Gehst ein wenig bummeln? Fährst in die Stadt?»

«Nein. Ich geh bloß spazieren.»

«Ach, Kinderl! Du musst dich ein bisschen amüsieren, nicht allein spazieren gehen!»

«Ich geh nicht allein.» Marie sagte es ganz leise.

«Ja, hast du denn schon eine Freundin gefunden? Das Mädchen von den Schmutzers ist nett, oder? Oder die Kleine vom Beer-Hofmann?»

«Nein, keines der Mädchen. Ich habe eine Verabredung mit einem jungen Mann.»

Marie rieb mit der Hand über einen unsichtbaren Fleck am blitzblanken Küchentisch.

«Nein, erzähl! Wer ist er? Wie lange kennst du ihn schon?» Anna stieß vor Aufregung fast die Kaffeekanne um.

Und Marie erzählte von der ersten Begegnung und der Dachlawine und wie lieb der Buchhändler mit Lili gewesen war. Und von dem Buch, das er ihr geschenkt hatte. Und dann erzählte sie auch noch von dem Brief, den er ihr geschrieben hatte.

Anna war entzückt. «Nein, wie romantisch! Und du hast ihm geantwortet! Und jetzt? Wo triffst du ihn? Was macht ihr?»

«Er holt mich da an der Straßenecke ab. Soll ich wirklich hingehen?» Jetzt blickte sie auf.

«Natürlich gehst du hin. Wieso denn nicht?»

«Ich kenn ihn ja gar nicht.»

«Ja, aber wie sollst du ihn denn kennenlernen, wenn du nicht hingehst?»

«Ich weiß auch nicht.»

«Weißt du, ich hab damals meinen Mann, Gott hab ihn selig, auch erst zweimal gesehen gehabt, und er hat mich gleich ausgeführt, in den Prater.»

«Aber wenn die Herrschaft das erfährt?»

«Die erfährt es schon nicht. Ich werd sicher nix erzählen. Es ist ja eigentlich nicht gerecht.»

«Was denn?»

«Na, dass für die Herrschaftsleut ganz andere Regeln gelten.»

«Wie – andere Regeln?»

«Du hast ja keine Vorstellung, was für ein wildes Leben der Herr Doktor gehabt hat, bevor ihn seine Olga eingefangen hat.»

«Wirklich?»

«Allerdings. Du, da gibt's Geschichten, da würdest ganz rot werden. Der hat einige Herzen gebrochen.»

«Und wie hat er die gnädige Frau kennengelernt?»

«*Sie* hat ihn kennengelernt. Sie war seine Patientin, und angeblich hat sie ihn regelrecht verfolgt.»

«Und dann?»

«Na ja, dann war sie in anderen Umständen, und der Heini ist gekommen. Aber geheiratet hat er sie erst, da konnt' der Bub schon laufen. Also, Kindchen, geh du mal mit deinem Buchhändler spazieren, aber pass schön auf. Ein Mädchen wie du mit einem unehelichen Kind, das geht nicht gut aus.»

«Anna, was redest du denn? Wir gehen eine Runde im Türkenschanzpark spazieren. Soviel ich weiß, bekommt man davon kein Kind.»

«Du vorlautes Ding, na, wart nur!»

Anna drohte ihr lachend mit dem Kaffeelöffel, und Marie sprang auf und lief ausgelassen die Treppe zu ihrer Kammer hoch, um sich umzuziehen.

Um zehn vor vier war Marie fertig angezogen. Ihr Sonntagskleid, darüber den einzigen Mantel und ihren Hut, dann schlüpfte sie in die Stiefel und schnürte sie zu. Anna kam aus ihrer Kammer, sie hatte wohl ausnahmsweise ein kleines Schläfchen gemacht.

«Es ist zu früh! Du willst doch nicht da auf der Straße stehen und auf ihn warten! Das ist nicht gescheit.»

«Soll ich noch hier warten?»

«Mindestens zehn Minuten. Du musst auf jeden Fall ein bisschen zu spät kommen. *Er* soll auf *dich* warten.»

«Gut. Wenn du meinst.» Marie setzte sich auf die Treppe und seufzte laut. «Ich bin so aufgeregt. Was soll ich denn mit ihm reden?»

«Ach, dir wird schon was einfallen. Bist ja sonst auch nicht auf den Mund g'falln.»

«Ja, aber was soll ich ihm erzählen?»

«Lässt ihn halt erzählen. Du weißt ja gar nichts über ihn, oder?»

«Nein, außer dass er in der Buchhandlung auf der Währinger Straße arbeitet, oft ins Theater geht und den Herrn Doktor Schnitzler verehrt.»

«Wirklich? Hat er das gesagt?»

«Ja, er schaut sich alles von ihm im Theater an.»

«Na, hoffentlich benutzt er dich nicht nur, um an den Herrn Doktor ranzukommen.»

«Wie meinst du das?»

«Du hast ja keine Ahnung, wie viele sogenannte Schriftsteller es gibt, die hier ihre Ergüsse abliefern und hoffen, dass der Herr Doktor das alles liest und ihnen dann weiterhilft. Also, wenn er dir erzählt, dass er auch schreibt, dein Oskar, dann nimm die Beine in die Hand, und nichts wie weg. So, meine Liebe, los geht's.»

Seit zehn Minuten stand Oskar nun an der Straßenecke und blickte unruhig die Sternwartestraße hoch. Würde sie kommen? Was sollte er tun, wenn nicht? Er würde nicht einfach wieder gehen. Der Blick auf seine Taschenuhr – ein Geschenk des Herrn Stock zu seinem zwanzigsten Geburtstag: drei Minuten nach vier. Was, wenn sie nicht kam?

Und dann sah er sie. Sie trat aus dem Gartentor und lief entschlossenen Schrittes auf ihn zu, als hätte sie sich einen Ruck gegeben. Ein paar Sekunden später stand sie vor ihm und blickte ihm herausfordernd in die Augen.

«Grüß Gott. Da bin ich.»

«Guten Tag. Ich freue mich sehr.»

Oskar musste fast lachen über das forsche «Grüß Gott». Er hatte diese Begrüßungsfloskel noch nie verwendet, in Wien war das gleich etwas Politisches: Die Konservativen grüßten Gott, während die Sozialisten immer einen guten Tag wünschten. Ein weiteres Zeichen, dass das Mädchen vom Land kam. Er reichte ihr die Hand, sie nahm sie nach einem kurzen Zögern, und dann standen sie einen Augenblick verlegen auf dem schmalen Trottoir.

«Wollen wir ein paar Schritte gehen?»

«Ja, gerne. Wir hatten uns doch zum Spazierengehen verabredet, oder?»

Sie schlugen den Weg zum Türkenschanzpark ein, und eine Zeitlang gingen sie schweigend nebeneinanderher, beide peinlich darauf bedacht, genügend Abstand zu halten.

«Wie lange wohnen Sie schon hier?»

«Wohnen Sie auch hier im Viertel?»

Wie auf ein geheimes Kommando hatten sie beide zu sprechen begonnen, und ihre Fragen überschnitten sich.

«Entschuldigung. Sie zuerst!» Oskar blickte sie von der Seite her an. «Was haben Sie gefragt?»

«Ob Sie auch hier im Viertel wohnen.»

«Nein, leider nicht. Hier wäre es einfach zu teuer. Ich habe ein Untermietzimmer in der Leopoldstadt.»

«Da hab ich auch mal gewohnt. Obwohl, *wohnen* wäre ein wenig übertrieben.»

«Wieso?»

«Ach, daran erinnere ich mich nicht so gerne.»

Marie lachte bitter und erzählte ihm von ihrer Schlafstätte, die sie mit einer anderen Frau und diversem Ungeziefer geteilt hatte. Sie schilderte die Wohnung und ihre Arbeit in dem Wirtshaus, als würde sie irgendeine Anekdote erzählen, beschrieb das Zimmer und die betrunkenen Gäste wie harmlose Erinnerungen, die zum Leben nun mal dazugehörten.

Als sie den großen Park betraten, dämmerte es schon, und Oskar blickte sich unsicher um. Er war erst einmal hier gewesen, an einem heißen Sommernachmittag. In der Buchhandlung war nichts los gewesen, und Herr Stock

hatte ihm spontan freigegeben und ihn zum Spazierengehen hierhergeschickt. Nun aber sah alles ganz anders
aus, riesig und düster. Die Gaslaternen warfen ein fahles
Licht auf die wenigen Spaziergänger.

«Kennen Sie sich hier aus?», fragte er und hoffte, es
klang nicht allzu hilflos.

«Ja natürlich. Mit den Kindern war ich schon oft hier.
Wollen wir einfach eine Runde gehen?»

«Ja, aber Sie müssen aufpassen, dass wir nicht vom
Weg abkommen.»

Marie blieb stehen und lachte ihn an: «Ich? Ich muss
auf Sie aufpassen?»

«Nein, ich beschütze Sie natürlich vor Unwetter und
wilden Tieren, aber Sie müssen auf den Weg aufpassen.»

«Na, dann hoffe ich, dass uns keine Eichhörnchenhor-
de überfällt.»

«Mit denen werde ich fertig.»

Sie gingen den verschneiten Weg entlang. Auf dem
Hügel rodelten noch ein paar Kinder, obwohl es schon
dunkel wurde.

«Da, wo Sie herkommen, gibt es sicher richtige Wälder,
oder?»

«Ja, da sind wir manchmal hingegangen, zum Schwam-
merlsuchen. Aber was ich hier in Wien gelernt habe, ist
spazieren gehen. Das gab's bei uns nicht.»

«Ja, ich glaub, Spaziergänge machen nur die reichen
Städter.»

«Und Sie? Gehen Sie nie spazieren? Oder sind Sie ein
reicher Städter?»

Oskar lachte. «Nein, ich bin leider kein reicher Städter.
Also, Städter schon, und zwar durch und durch, aber

reich – nein, bedaure. Und spazieren gehen tu ich auch nicht so viel. Ich geh halt viel zu Fuß, um das Geld für die Tram zu sparen.»

«Der Herr Doktor Schnitzler geht ständig spazieren. Fast jeden Tag. Und sogar der Heini macht schon lange Wanderungen mit ihm.»

«Haben Sie ihn gern?»

«Den Herrn Doktor? Was erlauben Sie sich?»

«Nein, ich meinte den Heini.»

«Ja, der Heini ist ein wirklich lieber Bub.»

Sie waren nun am höchsten Punkt des Parks angekommen, und Marie erzählte Oskar vom Alpengarten, der erst im vergangenen Sommer angelegt worden war und mit seinem Wasserfall *die* Attraktion des Parks war. Jetzt im Winter sah man nur tiefverschneite Felsen, das Wasser war bereits im Oktober abgestellt worden.

«Waren Sie denn schon mal auf einem richtigen Berg?»

«Ich? Nein, nur am Kahlenberg war ich.»

«Das zählt nicht. Ich würde gerne mal auf einen richtig hohen Berg.»

Marie blickte auf die künstlichen Felsen, und als sie auf einer Eisplatte ein wenig ins Rutschen geriet, fasste Oskar sie schnell am Unterarm. Marie tat, als bemerke sie es nicht, dachte daran, wie er ihr in der Buchhandlung, als sie von der Dachlawine erwischt worden war, ebenfalls die Hand gereicht hatte. Aber jetzt zog er seine Hand nicht weg, und es dauerte nicht lange, da gingen sie untergehakt durch den Park.

«Wie verbringen Sie denn den Heiligen Abend?»

«So genau weiß ich das noch nicht. Auf jeden Fall im

Haus bei meiner Herrschaft. Aber es ist ja mein erstes Weihnachten hier.»

«Haben Sie denn gar keine Familie, wo Sie hinfahren? Die Sie besuchen wollen?»

Und Marie erzählte ein kleines bisschen von ihrer Herkunft: dass sie seit drei Jahren keine Nachricht von zu Hause bekommen hatte und dass sie ohnehin kein Geld hätte, um dorthin zu fahren.

«Und Sie? Gibt es bei Ihnen zu Hause einen großen Weihnachtsbaum und einen schönen Braten?»

Oskar berichtete ihr von dem Tod seiner Eltern und den traurigen Weihnachtsfesten im Kinderheim.

«Mir bedeutet Weihnachten nicht viel. Und als Buchhändler ist es sowieso die anstrengendste Zeit im Jahr, da ist man froh, wenn die Feiertage endlich da sind und man Ruhe hat. Ich feiere erst wieder Weihnachten, wenn ich eigene Kinder habe. Dann gibt es einen Baum und Geschenke, und ich lese am Abend die Weihnachtsgeschichte vor.»

«Und Sie sind am Heiligen Abend dann ganz allein?»

«Nein, ich verbringe den Abend traditionell bei Herrn Stock. Er wohnt im Haus gegenüber der Buchhandlung; wenn's zu spät wird, übernachte ich dort auf dem Sofa. Herr Stock ist verwitwet und hat keine Kinder, ich bin ein bisschen Sohnersatz für ihn. Aber wir feiern nicht wirklich Weihnachten. Wir essen zusammen, jeder schenkt dem anderen ein Buch, dann trinken wir Wein und spielen ein, zwei Partien Schach. Sehr gemütlich, das alles.»

«Ach, ich freu mich schon so, als wenn ich das Kind wäre! Der Baum ist riesig, und Lili wünscht sich eine neue

Puppe, und die Kinder sind so aufgeregt, das ist richtig ansteckend.»

«Und was wünschen Sie sich?»

«Ich weiß nicht. Dass es so bleibt, wünsch ich mir. Dass ich hierbleiben kann, bei den Schnitzlers und den Kindern. Vielleicht …», Maries Stimme wurde leise, «dass ich meine Familie einmal wiedersehe. Also vor allem meine Oma. Und die Schwestern und die Mutter.»

«Ja, das verstehe ich. Vielleicht können Sie mal mit der Eisenbahn hinfahren, wenn Sie ein paar Tage frei haben.»

«Ja, mal schauen. Aber am Stephanitag fahr ich erst mal an den Semmering mit der Familie Schnitzler. Ich freue mich schon.»

Sie waren durch den ganzen Park gelaufen, kreuz und quer, und hatten gar nicht bemerkt, dass es wieder zu schneien begonnen hatte. Dicke Flocken fielen vom Himmel, der inzwischen dunkel war, und Maries Schultern waren bedeckt von Schnee. Oskar wischte ein wenig über ihren Mantel und lachte.

«So haben Sie ausgesehen, als ich Sie das erste Mal getroffen habe. Wunderschön.» Er nahm sie an beiden Händen und gab ihr einen zaghaften Kuss auf die Nasenspitze. Marie zuckte ein wenig zurück. «Entschuldigung, da war eine Schneeflocke.»

Marie hatte ganz weiche Knie, in ihrem Bauch rumorte es, ihre Hände zitterten, obwohl ihr warm war. Sollte es sich so anfühlen, wenn man verliebt ist? Anscheinend, oder aber Lili hatte sie angesteckt, und sie wurde krank. Aber eigentlich fühlte sich das richtig gut an, denn am liebsten hätte sie die Zeit angehalten und wäre noch stundenlang weiter durch den dunklen Park spaziert.

«Wann müssen Sie eigentlich zu Hause sein?»

«Ich weiß es nicht. Die Herrschaften essen auswärts.»

«Ich werde Sie jetzt wohl besser zurückbringen, schließlich schickt es sich nicht für ein junges Mädchen, so spät allein unterwegs zu sein.»

«Ich bin ja nicht allein. Aber Sie haben recht, wie viel Uhr ist es denn?»

«Kurz nach sieben.»

«Oh, schon so spät! Ja, da muss ich wirklich schnell heim. Die Anna wird sich Sorgen machen, und das Dienstmädchen kann mich nicht ausstehen, die lässt bestimmt keine Gelegenheit aus, mich bei den Herrschaften schlechtzumachen.»

«Ich bring Sie noch bis zur Ecke.»

Die Fenster des Cottage-Sanatoriums waren hell erleuchtet, das ganze Haus war in warmes Licht getaucht. Kurz blieben sie noch stehen und betrachteten das große, stattliche Gebäude.

«Sieht eher aus wie ein Hotel, nicht wie ein Krankenhaus, oder?»

«Ja schon. Aber ich glaub, da möchte man nicht wohnen. Lieber arm und gesund als reich und krank.»

«Da haben Sie wohl recht.»

Sie schlenderten weiter. An der Ecke zur Sternwartestraße blieben sie erneut stehen und sahen sich an. Oskar trat von einem Fuß auf den anderen.

«Wann können wir uns wiedersehen?»

«Ich weiß es nicht. Vielleicht kann ich mich morgen noch mal kurz wegschleichen, wenn die Kinder schlafen. Ich muss Anna fragen, ob sie mir hilft.»

«Welche Zeit wird das sein?»

«So um acht.»

«Gut. Ich warte um acht Uhr an unserer Ecke, und wenn Sie können, dann kommen Sie.»

«Ja, so machen wir es. Und … Oskar?»

«Ja, Marie?»

«Ich glaub, da ist noch eine Schneeflocke auf meiner Nasenspitze.»

«Ja, stimmt. Und hier auch noch eine.»

Oskar beugte sich vor, küsste sie sachte auf die Nase und ganz schnell noch auf den Mund.

Marie drehte sich um und ging rasch weg.

Anna stand am Küchenfenster, als Marie durch die Gartenpforte trat. Sie öffnete die Haustür, bevor Marie klingeln konnte.

«Na, deine Wangen glühen, als wär Hochsommer da draußen.» Die Köchin lachte und hielt ihr ein Handtuch entgegen.

«Das ist nur die Kälte.»

«Jaja, die Kälte. Und deine glänzenden Augen sind das Fieber, oder wie?»

«Ist die Marie jetzt auch noch krank?»

Sophie kam mit einem Arm voll schmutziger Bettwäsche die Treppe runter und sah die Köchin und das Kindermädchen argwöhnisch an.

«Nein, nein, alles gut. Mir ist nur kalt geworden bei meinem Spaziergang.»

«Wo warst du denn so lange?»

«Hab ich doch gesagt, ich bin spazieren gegangen.»

«So lange? Alleine?»

«Ich frag dich auch nicht, was du in deinen freien Stunden machst. Also lass mich doch in Ruh.»

Es war das erste Mal, dass Marie Sophie anfuhr, und die blickte sie jetzt herausfordernd an.

«So, ihr zwei Hühner. Ihr hört jetzt sofort auf, euch zu zanken», kam Anna dazwischen. «Wir sind hier nicht im Kindergarten. Sophie, du beziehst die Betten der Herrschaft neu, und Marie, du kommst mit in die Küche und hilfst mir, den Kuchen für morgen zu verzieren.»

Sophie verschwand maulend nach oben, und Anna drückte Marie, nachdem sie die Küchentür geschlossen hatte, eine Tülle mit Tortencreme in die Hand.

«Und? Wie war es?»

«Sehr schön.»

«Ja wie – schön?»

«Na ja, schön halt.»

«Mein Gott, Kinderl, jetzt lass dir doch nicht alles aus der Nase ziehen! Eine alte Frau will doch auch mal ein bisschen was erfahren.»

«Ja, also ... wir sind spazieren gegangen. Und haben geredet. Erzählt über unser Leben und so halt. Stell dir vor, er hat keine Eltern mehr, seit er ein Kind ist. Ist im Waisenhaus aufgewachsen, der Arme.»

«Und dann?»

«Dann hab ich erzählt.»

«Ja, und weiter?»

«Dann hat er meine Hand genommen.»

«Endlich! Und das war alles?»

«Ach Anna! Du bist eine Neugierdsnase.»

«Jetzt sag schon: Hat er dich geküsst?»

«Ein bisserl.»

«Ein bisserl. Na bitte! Verliebt über beide Ohren, das Mädel! Und wann seht ihr euch wieder?»

«Ich weiß es nicht.»

«Wie? Ihr müsst doch was ausgemacht haben.»

«Na ja, wir haben gesagt, vielleicht morgen um acht, wenn die Kinder im Bett sind. An der Ecke. Kurz.»

«Also morgen um acht. Mir fällt schon was ein.»

Heinrich und Lili wachten beide um sieben auf. Lili wie immer laut singend und brabbelnd in ihrem Bettchen, doch diesmal stand kurz darauf auch schon Heinrich im Türrahmen von Maries Kammer.

«Morgen ist Weihnachten! Ich freu mich schon so.»

«Pst, Heini, sei still, die Eltern schlafen noch. Komm, geh noch ein bisschen ins Bett, heut ist doch keine Schule.»

«Und was machen wir heute?»

«Das weiß ich noch nicht, ich werde der Anna bei den Vorbereitungen helfen, und du gehst vielleicht zu Paul, ein wenig spielen.»

«Ich will noch zum Christkindlmarkt am Hof! Der Vater hat's mir versprochen.»

«Ja, wir werden den Vater fragen, aber jetzt ist es noch zu früh. Lies noch ein bisschen.»

«Ich bin aber fertig mit meinem Buch.»

«Dann lies ein anderes.»

«Glaubst du, ich krieg zu Weihnachten einen neuen Karl May?»

«Wir werden sehen, aber jetzt geh erst mal in dein Zimmer.»

Heini ging maulend in sein Bett zurück und blätterte

lustlos in einem seiner Bücher. Marie kleidete Lili an und las ihr zwei Bilderbücher vor.

«Marie! Weiterlesen! Schau, was macht der Wauwau?»

Lili stupste sie ungeduldig an, spürte, dass sie nicht richtig bei der Sache war. Immer wieder schweiften Maries Gedanken ab, waren bei Oskar, der wohl gleich seine letzte vorweihnachtliche Schicht in der Buchhandlung antreten würde. Und wie so oft in letzter Zeit dachte sie an ihre Familie. Wie mochte es wohl den Schwestern gehen und der Mutter? Und vor allem – aber daran wollte sie gar nicht denken –, wie würde es der Großmutter gehen? Ob sie noch am Leben war? Würde der Vater über seinen Schatten springen und Marie schreiben, wenn die Großmutter zu Grabe getragen würde? Wahrscheinlich nicht, denn er hatte sie wohl für immer verstoßen, und die Mutter konnte kaum lesen und schreiben. Nie würde der Vater Marie verzeihen, dass sie sich einfach aus dem Staub gemacht hatte, damals, von ihrer letzten Dienststelle, wo er doch so froh gewesen war, einen Hof zu finden, der sie aufnahm, damit zu Hause ein Esser weniger war. Ob er ihr dennoch einen Brief schickte, wenn die Großmutter gestorben wäre?

«Marie?» Heini stand plötzlich vor ihr und sah sie forschend an. «Marie? Weinst du?»

«Nein, nein, Heinrich. Es ist nichts. Ich glaub, wir gehen jetzt mal runter in die Küche und machen dir ein Frühstück.»

«Ja, aber warum bist du traurig?»

«Ja, weißt du, ich hab gerade an meine Oma gedacht, die so weit weg wohnt, und dass ich ihr immer ein Weihnachtslied vorgesungen hab am Heiligen Abend.»

«Welches denn?»

«‹Es ist ein Ros entsprungen›. Das fand sie besonders schön.»

«Singst du es mir vor?»

«Nein, vielleicht später. Jetzt gehen wir mal frühstücken.»

Anna stand schon am Herd und hatte den Küchentisch für die Kinder und Marie gedeckt. Für Marie gab es Kaffee, Heini schlürfte eine große Tasse heiße Schokolade, und Lili stürzte sich auf ihre Milchflasche.

«Du, Anna?»

«Ja, Heini?»

«Die Marie hat auch eine Oma.»

«Ja, jeder hat eine Oma.»

«Ich nicht. Meine ist schon gestorben.» Heini rührte nachdenklich in seiner Tasse. «Das ist das erste Weihnachtsfest ohne Großmutter.»

«Ja, das stimmt. Macht dich das traurig?»

«Ja, schon.»

«Wo ist Oma?» Lili hörte immer aufmerksam zu, wenn ihr großer Bruder etwas sagte.

«Deine Oma ist im Himmel. Da schaut sie runter und passt auf dich auf», sagte Marie.

«Aber geh! Die Oma liegt am Friedhof. Ich war doch beim Begräbnis. Ich weiß das.» Heini gab sich zornig, wollte wohl seine Traurigkeit überspielen.

Marie wusste nicht recht, was sie sagen sollte, auch Anna kam ihr nicht zu Hilfe. Da hörte sie die knarrenden Treppenstufen, und schon sprang Heini auf und stürzte seinem Vater entgegen.

«Vater, Vater! Gehst du mit mir auf den Christkindlmarkt? Heute ist der letzte Tag, und du hast es mir versprochen.»

«Jetzt lass mich doch erst einmal in Ruhe frühstücken. Was bist du denn immer so ungestüm?»

«Papa? Ist Oma Himmel?»

Lili drängte sich zwischen sie, klammerte sich an die Hosenbeine des Vaters. Der nahm sie hoch, wuschelte ihr durchs Haar und sagte: «Ach Kindchen, was redest du denn? Die Oma ist nicht im Himmel, die liegt doch jetzt am Friedhof. Da drinnen», er klopfte ihr an die Brust, «da drinnen ist sie jetzt, die Großmutter, in deinem Herzen, und da kannst du dich immer an sie erinnern. Marie?»

«Ja, Herr Doktor?»

«Ich weiß noch nicht, ob ich heute Zeit finden werde, mit Heini den Christkindlmarkt zu besuchen. Gehen Sie doch mit ihm.»

«Selbstverständlich, Herr Doktor. Sehr gerne.»

«Lili auch Christkind gehen!» Lilis Mundwinkel zogen sich bereits bedenklich nach unten, sie ahnte wohl, dass es wieder mal einen Ausflug ohne sie geben würde.

«Nein, Lili, da bist du noch zu klein. Dann verliert dich die Marie. Du bleibst bei Anna. Und die Stephi kommt auch am Nachmittag. Ihr müsst doch auch noch den Christbaum schmücken. Magst du das mit Stephi machen? Der Heini hilft dann, wenn er wieder zurückkommt.»

Der Christbaum war Anfang der Woche von einem Fuhrwerk angeliefert worden und stand seitdem draußen vor der Kellertreppe. Es war ein großer Tannenbaum, der Marie um Längen überragte, und sie freute sich wie ein kleines Kind darauf, wenn der Baum erst geschmückt im Wohnzimmer stehen würde. Anna hatte bereits eine große Kiste mit Strohsternen, kleinen weißen Engeln mit goldenen Flügeln und lackierten Tannenzapfen vom Dachboden geholt. Den Sack mit den Süßigkeiten, die auch an den Baum sollten, hatte sie wohlweislich ganz hinten in der Speisekammer versteckt.

«Ja, Christbaum! Lili will Christbaum. Mit Stephi!» Gott sei Dank war das Kind meistens schnell wieder zufriedenzustellen.

Das Fräulein Stephi war eine jüngere Freundin der Familie. Sie kam oft zu Besuch, diskutierte stundenlang mit den Herrschaften über Politik und Literatur und beschäftigte sich viel mit den Kindern. Sie stammte aus einer reichen Bankiersfamilie und war kaum älter als Marie, hatte aber ein so sicheres Auftreten und ausgeprägtes Selbstbewusstsein, dass Marie sich immer ganz klein fühlte, wenn sie zu Besuch war.

Anna bereitete ein Frühstück für die Herrschaften, die Kinder wechselten von der Küche ins Esszimmer. Marie beobachtete Heini aus den Augenwinkeln. Die Enttäuschung darüber, den heiß ersehnten Ausflug nicht mit dem Vater machen zu können, war ihm deutlich anzusehen. Aber er würde sich schon wieder beruhigen. Marie jedenfalls freute sich darauf, mit ihm in die Stadt zu fahren und den Christkindlmarkt zu besuchen.

Nach dem Frühstück zogen sich die Herrschaften zurück ins Arbeitszimmer. Der gnädige Herr hatte am Vortag einen Ladenschrank gekauft, und nun wollte er seine Papiere neu ordnen, die Möbel ein wenig umstellen. Seine Frau war zur Abwechslung gut gelaunt, bot ihm an zu helfen. Man hörte die beiden entspannt plaudern, hin und wieder lachten sie. Die gnädige Frau hatte den Schrank ausgesucht, denn sie liebte es, neue Einrichtungsgegenstände zu erwerben. Es verging kaum eine Woche, wo nicht ein neuer Lüster, ein Fauteuil, eine kleine Stehlampe angeliefert wurden. Nicht nur einmal hatte Marie mitbekommen, dass die Eheleute über Geld stritten, der Herr Doktor warf seiner Frau immer wieder vor, sie gebe zu viel aus. Für Marie war das alles ohnehin unvorstellbar. Wie konnte man mit dem Schreiben von Büchern so viel verdienen, dass man in einem solchen Haus leben, so viele Gäste bewirten und so oft auswärts essen gehen konnte?

«Marie? Heinrich? Lili? Kommt ihr mal?» Gerade wollte Marie mit den Kindern nach oben gehen, da rief die Köchin aus der Küche. Sie saß am Tisch, vor sich eine große Tasse Kaffee und die Zeitung von heute. «Das müsst ihr euch anhören! Da steht, wie der Kaiser dieses Jahr Weihnachten feiert. Hört zu:

‹Zum ersten Mal nach vielen Jahren verbringt der Kaiser heuer den Weihnachtsabend nicht in Aussee, sondern wieder in Wien. Um den Kaiser aber den gewohnten Familienkreis, in dem er den Heiligen Abend bisher zuzubringen pflegte, nicht vermissen zu lassen, feiern Erzherzog Franz Salvator und seine Familie das Weihnachtsfest diesmal in Schönbrunn, und der Kaiser wird der Christbaumfeier inmitten seiner Enkel beiwohnen. Dem einfachen und schlichten Sinn, der in der kaiserlichen Familie herrscht, entspricht das ganze Arrangement des Weihnachtsabends, wie er bei Hofe gefeiert wird. In einem Salon der Appartements wurde eine bis an die Decke reichende Tanne aus den steirischen Bergen aufgestellt, mit kleinen elektrischen Glühlampen übersät, mit Süßigkeiten und Backwerk aller Art, an dessen Herstellung die Hofzuckerbäckerei schon durch Wochen arbeitete.›

Und so weiter und so fort.» Anna lachte und nahm einen großen Schluck Kaffee. «Na, dagegen ist es ja hier wie im Armenhaus. Unsere Tanne reicht nicht bis an die Decke!»

«Lies weiter vor! Ich will wissen, wie es weitergeht!», rief Heini.

Anna stand auf und begann, die Arbeitsplatte zu putzen. «Ich hab keine Zeit mehr, lies du weiter.»

Heinrich setzte sich an den Küchentisch, beugte sich eifrig über die Zeitung und suchte die Stelle, an der Anna aufgehört hatte. Obwohl er bei manchen Wörtern stockte und die Stirn runzelte, trug er mit lauter Stimme vor und genoss sichtlich seine Rolle. Marie war beeindruckt, wie gut er schon lesen konnte.

«‹Diverse En-miniature-Flugapparate werden den Kindern der kaiserlichen Familie heuer auf den Tisch gelegt und daneben eine Unzahl anderer Dinge, die des Kindes Herz erfreuen. Die jüngste der Erzherzoginnen in der Familie Franz Salvator wird zum Beispiel ein reizend ausgestattetes Puppenbett mit allem, was dazugehört, vorfinden, Puppen in allen möglichen Größen und Ausstattungen, Puppentoiletten und Puppenwäsche, und bei dem Stande der modernen Puppentechnik ist es selbstverständlich, dass dieses Baby die Augen schließen und öffnen und Papa und Mama sagen kann.›»

«Lili auch eine Puppe! Puppe Papa und Mama sagen kann!»

«Sei still, Lili, es geht noch weiter.»

Das Mädchen war vor Aufregung aufgesprungen und setzte sich nach der Ermahnung ihres Bruders auf Maries Schoß.

«‹Für eine andere jugendliche Erzherzogin ist eine Riesenküche bestimmt, die zwar nicht ganz so groß ist wie die Küche der Wiener Hofburg, aber auch nicht viel kleiner, mit einem wirklichen Herd und einem Geschirrvorrat, der den Neid mancher bürgerlichen Hausfrau erwecken könnte.›»

Anna hatte inzwischen den Putzlappen zur Seite gelegt. Alle hörten gebannt zu. Heini las mit ernster Stimme weiter vor, von Schaukelpferden und einer kleinen Waschmaschine, die man in Betrieb nehmen konnte, Puzzlespielen, dem neuesten Schrei aus England – auch er hatte ein solches auf seinem Wunschzettel stehen –, Puppengeschirr, Bilderbüchern, Pfeil und Bogen und vielem mehr.

Marie dachte an das Weihnachtsfest zu Hause, wo es ein wenig mehr als sonst zu essen gegeben hatte und jedes der Kinder einen neuen Schal oder ein Paar Socken bekommen hatte. Die Mutter hatte einen kleinen Baum mit Papierstreifen und Tannenzäpfchen geschmückt, und meist hatte sich im Haus für ein paar Stunden eine friedvolle Stimmung ausgebreitet. Die Kinder lasen der Reihe nach das Weihnachtsevangelium vor, und Marie glühte vor Stolz, als sie dann endlich an der Reihe war und die Geschichte von Maria und Josef etwas stockend vortragen durfte.

«Marie, wünschst du dir auch was vom Christkind?», fragte Heini, und Lili kuschelte sich an sie und fuhr ihr mit ihrer kleinen Hand durch die Haare.

«Du machst mich ja ganz unordentlich, Lili, lass das! Was ich mir zu Weihnachten wünsche? Hm, ich weiß nicht. Dass ihr mich liebhabt, das wünsch ich mir.»

«Das ist langweilig! Wir haben dich ja eh lieb, das musst du dir nicht wünschen. Was Echtes!» Heini blickte sie herausfordernd an, und Maries Herz tat einen Sprung. Schließlich hatte sie noch nicht allzu oft zu hören bekommen, dass man sie liebhatte.

«Ich weiß nicht. Ein neues Kleid vielleicht? Oder einen Hut? Nein, ich weiß: Ich wünsche mir vom Christkind, dass ich einmal ins Theater gehen darf.»

«Das ist auch ein bisserl langweilig. Die Eltern gehen ständig ins Theater. Und ich war auch schon.»

«Ja, für dich ist das vielleicht langweilig, Heini, aber ich, ich war noch nie im Theater. Und weißt du was? Da bräucht ich dann ja auch ein neues Kleid und einen neuen Hut, und so viel bringt das Christkind eh nicht.»

Lili plapperte von nichts anderem mehr als der Puppe, die die Kaiserkinder bekommen würden, und war ganz aufgeregt. Sie sprang von Maries Schoß und rannte ins Arbeitszimmer, bevor Marie sie davon abhalten konnte. Eilig erzählte sie ihren Eltern, was die kaiserliche Familie alles zu Weihnachten bekommen würde, und die hörten ihr geduldig zu.

Nach einem leichten Mittagessen brachte Marie Lili zum Schläfchen ins Bett und kleidete sich für ihren Ausflug um. Draußen schneite es schon wieder, die Straße vor dem Haus sah wunderschön aus, pulvriger Schnee lag auf den Bäumen. Heinrich war schon fertig und wartete ungeduldig im Vorzimmer auf sie. Die Mutter hatte ihm ein wenig Geld gegeben, ihn mehrmals ermahnt, es nicht zu verlieren und vor allem aufzupassen, selbst im Gedränge nicht verlorenzugehen. Marie erklärte sie den Weg und an welcher Haltestelle sie aussteigen musste, und trug ihr auf, spätestens um sechs wieder zu Hause zu sein.

«Heini, wir gehen noch schnell vorher ins Buchgeschäft, ja? Das ist eh gleich bei der Straßenbahnstation», sagte Marie zu dem Jungen, als sie draußen waren.

«Warum?»

«Nur so, ich muss etwas fragen.»

Das kleine Buchgeschäft war brechend voll. Hinter dem Ladentisch standen Herr Stock und Oskar, eine zusätzliche Aushilfe bediente die Kasse. Mindestens ein Dutzend Menschen kauften noch Weihnachtsgeschenke, ließen sich beraten und Geschenke verpacken, diskutierten über Schriftsteller und neueste Romane.

Es dauerte nur ein paar Sekunden, bis Oskar Marie bemerkte und ihr scheu zulächelte. Er winkte kurz und zuckte mit den Achseln, um ihr zu zeigen, dass er jetzt nicht wegkönne.

Marie stand ein wenig unschlüssig herum, blätterte in dem einen oder anderen Buch, ließ sich von Heini einen großen bunten Atlas zeigen, den er entdeckt hatte und nun begeistert mit ihr studierte. Sie wollte schon wieder gehen, da spürte sie eine leichte Berührung an ihrer linken Schulter. Oskar hatte sich von seinem Platz hinter dem Ladentisch bis zu ihr durchgekämpft und stand nun direkt bei ihr.

«Heute um acht an unserer Ecke?», raunte er ihr ins Ohr.

Marie senkte den Blick und nickte zaghaft. Laut sagte

sie: «Komm, Heini, hier sind zu viele Leut, wir fahren jetzt zum Christkindlmarkt.»

«Da werden aber noch mehr Leut sein», lachte Oskar, «viel Spaß wünsch ich.»

Heinrich zupfte sie am Ärmel. «Wolltest du nicht noch was fragen?»

Marie wurde rot. «Nein, lass gut sein.»

Als sie am Schottentor aus der Straßenbahn stiegen, hatte das dichte Schneetreiben nachgelassen, und die Sonne brach durch. Die Votivkirche und die Häuser der Ringstraße wurden in ein mildes Licht getaucht.

«Schau mal, Heini, wie schön.»

Doch der Neunjährige interessierte sich wenig für das Wetter, er wollte so rasch wie möglich auf den Christkindlmarkt und zog ständig an Maries Hand. Sie gingen die Schottengasse entlang und blieben beide stehen, als sie *Am Hof* um die Ecke bogen. Der Platz lag in der Nachmittagssonne, alles glitzerte und glänzte, und die Klänge eines Weihnachtslieds wurden vom Wind zu ihnen hinübergeweht.

«Komm, Marie!» Heini zog an ihrem Ärmel und blickte mit leuchtenden Augen zu ihr auf. «Die Mutter hat mir Geld gegeben, wir kaufen uns Maroni. Ich lad dich ein!»

«Du lädst mich ein?» Marie lachte. «Na, du bist vielleicht ein feiner Herr. Weißt, was sich gehört.»

Sie ließen sich vom Strom der Menschen treiben, sahen sich alle Stände genau an. Lebkuchen, Spielsachen, Christbaumschmuck, Schals und Tücher, Haarbänder, Körbe … Hier gab es nichts, was man nicht kaufen konnte, und Marie machte sich auf die Suche nach einem kleinen Weihnachtsgeschenk für Oskar. Viel Geld hatte sie nicht, ein paar Kronen hatte sie sparen können, weil sie im Hause Schnitzler nicht schlecht bezahlt wurde und ohnehin kaum Gelegenheit hatte, etwas auszugeben. Vielleicht ein schönes Taschentuch oder Halstuch? Oder ein besticktes Lesezeichen.

Heini war so ungeduldig, dass er am liebsten überall gleichzeitig hinwollte: zum Drehorgelmann, der leiernde Weihnachtslieder spielte, zu den Ständen mit dem Naschwerk oder lieber doch zum Ringelspiel mit den schön lackierten Holzpferden?

Marie blieb bei einem Stand stehen, befühlte den Stoff eines Halstuches. «Schau mal, Heini. Gefällt dir das?»

Es kam keine Antwort.

«Heini, wie findest du die Farbe? Du bist doch ein feiner Herr, kann ein Mann so etwas tragen?»

Immer noch keine Antwort, sie hörte nur das Stimmengemurmel rund um sie, die Rufe des Maroniverkäufers, die Musik des Ringelspiels. Kein Heinrich.

Mit klopfendem Herzen wirbelte sie herum, suchte hinter den Menschen, die den Stand belagerten, aber Heini war nirgendwo zu sehen. Marie wurde eiskalt, sie begann, heftig zu atmen. *Ganz ruhig. Er muss da irgendwo sein. Er kann nicht weit sein.* Sie bahnte sich einen Weg durch die Menge, drängelte, schubste ein paar Leute aus dem Weg.

«He, kannst du nicht aufpassen, du Trampel! Was ist denn mit dir los?»

Marie lief zum Ringelspiel und zurück zum Maronistand, doch der Bub war wie vom Erdboden verschluckt.

Sie versuchte, sich zu beruhigen, ging alle Wege noch einmal ab, mittlerweile waren noch mehr Menschen zum Markt geströmt, es herrschte dichtes Gedränge. Die Tränen liefen ihr übers Gesicht, und sie stolperte fast blind über das schneebedeckte Kopfsteinpflaster.

Sie hatte keine Ahnung, wie lange sie das Kind schon suchte, es kam ihr wie Stunden vor. Alle Wege war sie abgelaufen, hinter jeden Stand hatte sie geschaut, doch Heinrich war nirgendwo zu finden. Da sah sie einen Schutzmann. Sie kämpfte sich zu ihm durch.

«Bitte, ich hab ein Kind verloren!», stieß sie hervor.

Der Schutzmann sah sie streng an. «Wie alt ist das Kind denn?»

«Neun Jahre ist er, der Heinrich», antwortete sie leise.

«Aha, Heinrich heißt er also. Na ja, so klein ist er ja nicht mehr, mit neun. Wo haben Sie ihn denn zuletzt gesehen?»

«Dahinten.» Marie machte eine vage Bewegung in Richtung der ersten Stände.

«Und Sie sind die Mutter?»

«Nein. Ich bin nur das Kindermädchen.»

«Soso, das Kindermädchen. Na, das werden Ihre Herrschaften aber nicht gerne sehen, wenn Sie nicht ordentlich auf den Nachwuchs aufpassen können. Ihr Name ist?»

«Marie. Marie Haidinger. Aber ich habe aufgepasst! Er war die ganze Zeit neben mir, und plötzlich war er weg.»

«Das mag schon sein. Sie kommen jetzt mal mit auf die Wachstube, und wir werden Ihre Personalien aufnehmen.»

«Nein, dafür ist keine Zeit! Sie müssen mir helfen, das Kind zu finden.»

«Das finden wir schon, mein Fräulein. Kommen Sie mit.»

Vor ihrem geistigen Auge sah sie den Herrn Doktor und seine Frau vor sich, wie sie ihr mit eisiger Miene die Stelle kündigten, die kleine Lili, die um ihren Bruder weinte, weil er nicht wieder nach Hause gekommen war. Und sie sah Heini, wie er allein durch die Straßen irrte und nach ihr rief. Was konnte so einem Jungen alles zustoßen! Er könnte von einer Kutsche überfahren werden, er könnte erfrieren, von einer Brücke stürzen. Die Stadt war so groß, es war unmöglich, einen kleinen Buben darin zu finden.

Ohne nachzudenken, riss sie sich von dem Schutzmann los, der sie sachte am Ellenbogen geführt hatte, und rannte wieder zurück ins Getümmel. Noch war es nicht zu spät. Noch konnte sie ihn finden, mit ihm nach Hause fahren, und die Geschichte würde ihr kleines Geheimnis bleiben. Sie würden am Abend gemeinsam den Baum schmücken, Heini würde ihr zuzwinkern, und morgen würde das Christkind kommen.

Marie drängte sich durch die schmalen Gänge, immer wieder sah sie irgendwo Heinrichs blauen Mantel und seine graue Mütze, und wenn sie genauer hinschaute, war es doch ein anderes Kind mit einem blauen Mantel oder einer grauen Mütze.

Die Sonne war schon längst untergegangen, als Marie erschöpft auf einen Strohballen sank. Sie hatte jeden Winkel des Marktes abgesucht, war unzählige Male beim Ringelspiel vorbeigegangen, das Heini so fasziniert hatte. Nichts. Keine Spur.

Nun hatte alles keinen Sinn mehr. Sie konnte seinen

Eltern nicht mehr in die Augen schauen, konnte nicht zurück. Sollte sie doch auf die Polizeistation gehen? Oder lieber in die Sternwartestraße fahren? Marie war so durcheinander wie noch nie zuvor. Selbst damals, als sie als junges Mädchen mitten in der Nacht den fremden Hof verlassen hatte, war sie sicher, die richtige Entscheidung getroffen zu haben, auch wenn sie nicht wusste, was die Zukunft bringen würde. Jetzt aber konnte sie keinen klaren Gedanken fassen.

Marie verließ das Gedränge des Weihnachtsmarktes und lief in das dichte Netz der kleinen Gassen in der Innenstadt. Wie schön war ihr all das früher vorgekommen, der ruhige Judenplatz, die kleine Naglergasse, die so unverhofft auf den prunkvollen Graben führte, die prächtigen Häuser und Palais, die Schaufenster der teuren Geschäfte. Kurz dachte sie, Heini am Fenster eines großen Spielwarengeschäfts stehen zu sehen, doch wieder war es ein fremder Bub, der sich die Nase an der Scheibe plattdrückte. Wie blind stolperte sie durch die Gassen, die Tränen liefen ihr übers Gesicht, immer wieder presste sie ihre kalten Hände gegen den Mund, um nicht laut aufzuweinen. Einen Handschuh hatte sie irgendwo verloren.

Marie wusste nicht, wie sie hierhergekommen war, welchen Weg sie genommen, durch welche Gassen sie gelaufen war, doch irgendwann stand sie auf der Brücke über den Donaukanal und blickte ins dunkle Wasser. Schon einmal war sie hier gestanden, es war noch gar nicht lange her, da war sie so verzweifelt und allein gewesen, dass sie nahe daran war, von der Brücke zu springen. Nun dachte sie wieder daran, dachte, dass ihr Leben kei-

nen Sinn mehr hätte, wenn Heini etwas zugestoßen war.
Und *dass* ihm etwas zugestoßen war, war inzwischen
sicher.

«Na, junge Frau, machst eh kein Blödsinn?»

Marie hatte die kleine Gestalt nicht herankommen
sehen. Plötzlich stand sie neben ihr. Eine alte Frau mit
tief ins Gesicht gezogenem Kopftuch streckte ihr eine
schmutzige Hand entgegen. Ihre Finger waren von der
Gicht gekrümmt. Marie wich erschrocken zurück.

«Du willst doch da nicht reinspringen? So eine junge,
fesche Person!»

«Nein, ich hab nur nachgedacht. Und ich … ach …
gehen Sie bitte.»

«Ich geh nicht weg von der Brücke, wenn du stehen
bleibst. Du wärst nicht die Erste, die sie da rausziehen.
Hat er dich sitzenlassen?»

«Wer?»

«Hat er dich sitzenlassen? Bist schwanger?»

«Nein, nein. Lassen Sie mich allein.»

«Erst gehst du mir da von der Brücke runter.»

«Ich hab kein Geld, lassen Sie mich in Ruhe.»

Marie betrachtete das dünne Kleid der Frau, nicht einmal einen Mantel hatte sie, nur ein schmutziges Wolltuch
bedeckte ihre mageren Schultern. Eine Bettlerin. Marie
starrte sie an und hatte in dem Moment das Gefühl, sie
sähe ihre eigene Zukunft vor sich.

«Komm, Kinderl. Das zahlt sich nicht aus. Kein Mann
auf der Welt ist das wert. Und morgen ist doch Weihnachten. Schau, wie schön die Stadt ist.»

Sie deutete auf das Ufer des Kanals. Inzwischen war es
dunkel geworden, in den Häusern brannten die Lichter,

der Schwedenplatz leuchtete festlich. Alles sah so friedlich aus.

«Ja. Morgen ist Weihnachten. Und ich hab den Heinrich verloren.»

«Es gibt immer einen neuen Heinrich. Andere Mütter haben auch schöne Söhne.»

«Der Heini ist doch kein Mann. Er ist mein Kind. Also, ich meine, ich bin sein Kindermädchen. Aber ich hab ihn verloren, und jetzt ist ihm sicher was passiert, und ich bin schuld. Ich kann nicht mehr heim.»

«Oje. Wie alt ist er denn? Wo hast du ihn verloren?»

«Neun Jahre ist er. Wir waren am Christkindlmarkt.»

«Am Hof? Aber was machst denn jetzt hier? Das ist ja ganz schön weit weg!»

«Ich hab alles abgesucht. Ich weiß nicht, was ich tun soll.» Marie hatte wieder zu weinen begonnen.

«Ja, wenn er schon neun ist, dann ist er doch ein großer Bub. Der ist wahrscheinlich längst zu Hause.»

«Das glaub ich nicht. Er war noch nie allein in der Stadt.»

Marie dachte daran, wie sie mit neun gewesen war. Damals war sie nie allein weg gewesen. Ein paarmal war sie mit der Mutter in die Bezirksstadt gegangen, und die vielen Menschen hatten sie so verwirrt, dass sie sich ganz dicht an sie gehalten hatte. Niemals hätte sie den Weg zurück allein gefunden. Wie sollte ein kleiner Bub in so einer großen Stadt, zwischen all den Leuten, Kutschen und Straßenbahnen, sicher nach Hause kommen?

«Fahr doch einfach mal heim und sieh nach. Der sitzt wahrscheinlich längst in der warmen Stube und freut sich aufs Christkind.»

«Das glaub ich nicht», wiederholte sie.

«Auch dann musst du heimfahren. Du musst deinen Herrschaften sagen, was passiert ist. Die sterben doch vor Sorge! Die glauben womöglich, du hast das Kind entführt.»

«Warum sollt ich den Heini denn entführen?»

«Was weiß denn ich! Die trauen uns doch alles zu, die reichen Leut. Wie auch immer, du fährst jetzt dahin und erzählst ihnen, was passiert ist. Deine Stelle bist du zwar los, aber sie müssen den Buben doch suchen lassen. Wenn du niemals erfährst, was aus ihm geworden ist, wirst du dein Leben nicht mehr froh. Und wirst sehen, so schnell geht kein Kind verloren in der schönen Wienerstadt.»

Oskar liebte es, wenn in der Buchhandlung viel los war, aber jedes Jahr am 23. Dezember wünschte er, es wäre bald vorbei. Von ungefähr zweihundert Romanen hatte er den Inhalt erzählt, mindestens genauso viele Bücher in Weihnachtspapier verpackt, mittags hatte er rasch zwei Brote hinuntergeschlungen, einen Schluck Tee dazu, und weiter ging's. Nun hatte er schwere Beine, Halsschmerzen und war so unsagbar müde, dass er immer wieder die Kunden verwechselte und die Handlung der Romane, die er ein paar Wochen zuvor mit großer Begeisterung gelesen hatte.

Noch eine Stunde, dann würden sie schließen, Herr Stock würde die Kasse machen und Oskar gemeinsam mit der Aushilfskraft ein wenig aufräumen. Wenn der Umsatz gut wäre, würden sie darauf ein Bier trinken, und dann würde er loslaufen, so schnell er konnte, um Marie noch auf ein paar Minuten zu treffen.

Marie. Marie. Marie. Den ganzen Tag über hatte er sich in Gedanken ihren Namen vorgesagt, an ihr Gesicht gedacht, ihre schönen braunen Augen, die so melancholisch blicken konnten. Er hatte auch schon ein kleines Weihnachtsgeschenk vorbereitet, ein Bändchen mit Gedichten von Heinrich Heine und eine neue Haarspange aus Schildpatt, beides hatte er in rotgoldenes Papier verpackt.

Gerade holte er einen Stapel Bücher aus dem Lagerraum, als plötzlich ein kleiner Junge vor ihm stand und ihn aufgeregt am Jackenzipfel zupfte. Erst auf den zweiten Blick erkannte er den Schnitzler-Buben.

«Heinrich! Was machst du denn hier? Wo ist denn die Marie?»

«Ich hab sie verloren! Sie müssen mir helfen!»

«Wie, du hast sie verloren? Wo denn? Und wie kommst du hierher?»

«Alleine. Ich bin mit dem E2 gefahren. Das ist ganz leicht. Aber jetzt ist es schon dunkel, und da wollt ich fragen, ob Sie mich nach Hause bringen könnten. Weil ich mich schon ein bisschen fürchte.»

«Ja, natürlich. Aber wo ist denn jetzt die Marie?»

«Wir waren doch am Christkindlmarkt, und da waren so viele Leute und so ein Gedränge, und dann hab ich sie auf einmal nicht mehr gesehen.»

«Hast du überall gesucht?»

«Ja, gaaanz lange hab ich gesucht. Aber sie war einfach weg. Da hab ich mir gedacht, es ist am besten, ich fahr zurück.»

«Das hast du gut gemacht. Ich bring dich natürlich heim. Eine halbe Stunde muss ich noch arbeiten, setz du dich inzwischen da her.»

Oskar bediente ein paar Kunden, aber so richtig bei der Sache war er nicht. Immer wieder fiel sein Blick zur Tür. Jedes Mal, wenn sie sich öffnete, hoffte er, dass Marie hereinkäme, aber vergeblich.

«Das ist doch der Bub vom Herrn Doktor Schnitzler.»

Friedrich Stock sah ihn zwischen zwei Kunden fragend an. «Holt der dich hier schon ab?»

«Nein, der war mit dem Kindermädchen in der Stadt, und sie haben sich verloren. Dann ist er alleine mit der Straßenbahn nach Währing raufgefahren und zu uns gekommen, damit ihn jemand heimbringt.»

«Schlauer Bub.»

«Find ich auch.»

«Aber sein Kindermädchen, das ist doch deine Marie?»

Oskar blickte schnell zu Heini, ob er was gehört hatte, aber der schien ganz in einen Atlas vertieft. «Ja, eh.»

«Wo ist die denn jetzt?»

«Das frag ich mich die ganze Zeit. Wahrscheinlich irrt sie durch die Stadt und traut sich nicht heim.»

«Aber geh. Die ist bestimmt längst zu Hause.»

«Nein, die vergeht vor Sorge um den Buben, und sicher hat sie Angst, ihre Stelle zu verlieren.»

Plötzlich sprang Heinrich vom Stuhl, auf dem er die ganze Zeit brav gesessen hatte. «Aber die Marie, die kann doch gar nichts dafür. Wieso verliert sie denn ihre Stelle?»

«Ach, Heinrich, das verstehst du nicht. In fünf Minuten sperren wir zu, dann bring ich dich heim. Hilfst mir, das Geschäft zu schließen?»

Das ließ er sich nicht zweimal sagen. Heinrich half, die zwei Schütten mit den Sonderangeboten, die vor der Tür standen, hereinzuschieben, und kurbelte die Markise ein. Oskar zog sich seinen Mantel an, setzte die Mütze auf und verabschiedete sich von dem jungen Mann, der den ganzen letzten Monat als Aushilfe gearbeitet hatte. Friedrich Stock klopfte Oskar auf die Schulter und nickte ihm aufmunternd zu. «Wirst sehen, das löst sich alles auf. Morgen Nachmittag um fünf?»

«Ja, ich komme.»

Seit Oskar bei Friedrich Stock in der Buchhandlung arbeitete, hatten die beiden die Gewohnheit, gemeinsam Weihnachten zu feiern. Genauer gesagt, feierten sie nicht, sondern verbrachten einfach einen gemütlichen Abend bei einem Braten und einer Flasche Rotwein, schenkten sich formhalber jeweils ein Buch und redeten über Literatur, Politik und Theater.

Im Moment konnte sich Oskar Novak allerdings nicht vorstellen, morgen einen beschaulichen Weihnachtsabend zu verbringen, war doch seine Sorge allzu groß. Was, wenn Marie nicht zu Hause war? Wenn die Schnitzlers ihr fristlos kündigten? Sie hätten das Recht dazu, schließlich hatte sie ein ihr anvertrautes Kind verloren, ihre Aufsichtspflicht verletzt.

Er trat auf die dunkle Währinger Straße, den Buben neben sich, der nach wenigen Metern seine kleine Hand vertrauensvoll in Oskars schob. Auch er schien nachdenklich und bedrückt.

«Heinrich, das hast du richtig gut gemacht, dass du in die Buchhandlung gefahren bist. War's denn schön am Christkindlmarkt?»

«Ja.»

«Und was wünschst du dir vom Christkind?»

«Ich weiß nicht.»

«Wie, du weißt nicht? Aber es kommt doch schon morgen. Da musst du dir doch was wünschen?»

«Ich wünsch mir ein neues Karl-May-Buch ... und ... und ... dass die Marie wiederkommt.»

«Ja, die kommt schon wieder. Sie findet sicher auch den Weg.»

«Aber Sie haben gesagt, sie verliert ihre Stelle!» Heinrichs Stimme klang plötzlich ganz weinerlich. «Warum denn? Sie kann ja gar nichts dafür, und ich will, dass sie bei uns bleibt. Wissen Sie, die Marie ist nett zu uns. Ich mag kein anderes Kindermädchen.»

«Da wird sie sich sehr freuen, wenn du ihr das sagst. Jetzt gehen wir mal heim, und dann schauen wir weiter.»

Je näher sie zum Haus in der Sternwartestraße kamen, desto unruhiger wurde Oskar. Aber er versuchte, es sich vor Heinrich, dessen Schritte immer langsamer wurden, nicht anmerken zu lassen.

«So, Heinrich», sagte er, als sie vor der Haustür standen. «Jetzt klingeln wir, und deine Eltern werden froh sein, dass du wieder da bist und so ein tüchtiger Bub bist und schon ganz allein nach Hause findest.»

Heinrich sagte gar nichts, drückte mit dem Finger zaghaft den Klingelknopf. Kurze Zeit später öffnete sich die Tür, und eine junge Frau steckte den Kopf heraus. Das musste das Dienstmädchen sein.

«Heini! Ja, wo warst du denn? Haben die Eltern nicht gesagt, dass du zum Abendbrot wieder da sein musst? Ja, und wo ist die Marie? Und Sie sind?»

«Ich bin Oskar Novak. Ich arbeite in der Buchhandlung auf der Währinger Straße.»

Das Mädchen blickte ihn unschlüssig an und rief dann laut über ihre Schulter: «Frau Anna! Frau Anna! Kommen Sie mal? Da ist ein fremder Herr mit dem Heini!»

Hinter dem Dienstmädchen tauchte eine ältere, dickliche Frau auf. Oskar erinnerte sich an sie. Es war die Köchin.

«Heini! Wo steckst du denn? Wir sind alle schon in Sorge.» Sie wandte sich an Oskar. «Und was machen Sie hier? Wie kommt der Heini zu Ihnen? Heinrich, du kommst sofort herein, der Vater will dich sprechen! Und zu Ihnen, junger Mann: Was fällt Ihnen eigentlich ein, hier einfach so aufzukreuzen? Jetzt schau Sie, dass Sie hier verschwinden.»

«Aber lassen Sie mich doch erklären …»

«Was gibt's da zu erklären? Die Marie hat wohl ihren Ausgang genützt und Sie … na dann … ja, wo ist sie eigentlich jetzt?»

Heinrich hatte inzwischen laut zu weinen begonnen, und plötzlich stand die gnädige Frau in der Tür.

«Was ist denn das für ein Tumult? Anna, was zetern Sie da herum? Und machen Sie gefälligst die Tür zu, es zieht im ganzen Haus!»

Ihr Blick fiel auf ihren Sohn, der völlig aufgelöst vor ihr stand. «Heini! Was ist passiert? Wo ist denn die Marie? Und wer ist der Herr, mit dem du da bist?»

Anna schob den frierenden Buben ins Haus, und Oskar nahm seinen ganzen Mut zusammen. «Gestatten Sie, gnädige Frau, meine Name ist Oskar Novak, ich arbeite bei Friedrich Stock in der Buchhandlung.»

«Das ist ja schön und gut, aber wie kommen Sie zu meinem Kind? Ach, jetzt kommen Sie doch herein, bevor wir uns alle den Tod holen.»

Inzwischen war auch der Hausherr dazugekommen, und als aus dem Salon auch noch eine junge Dame mit Lili auf dem Arm ins Vorzimmer trat, wurde es eng. Die

Kleine begann sofort zu jammern, als sie ihren aufgelösten Bruder sah.

Arthur Schnitzler fasste seinen Sohn an beiden Schultern und blickte ihn streng an.

«So, Heinrich. Du hörst jetzt sofort auf mit dieser Flennerei und erzählst uns, was geschehen ist! Und wo du so lange warst. Und warum du nicht mit der Marie zurückkommst, sondern mit diesem ...», er warf einen Blick auf Oskar, «... mit diesem Buchhändler!»

Heini wischte sich mit dem Handrücken über sein tränennasses Gesicht und zog die Nase geräuschvoll hoch. Anna reichte ihm ein Taschentuch.

«Wir waren auf dem Christkindlmarkt. Und da waren so viele Leute, und bei einem Stand, da war so ein Gedränge ... ich wollte nur was schauen ... und dann hab ich die Marie verloren ... sie war plötzlich weg ... ich konnte sie nirgendwo mehr finden!»

«Siehst du, ich hab's ja gleich gesagt! Die ist zu jung und zu unerfahren. Und eine echte Landpomeranze ist sie obendrein!» Olga Schnitzler sah ihren Gatten triumphierend an.

«Jetzt lass den Buben doch ausreden! Heini, was hast du dann gemacht?»

«Dann hab ich sie ganz lange gesucht. Und dann ist es dunkel geworden, und ich hab mich ein bisserl gefürchtet. Da bin ich dann zum Maximilianplatz gegangen, und da kam gerade die Tramway, und ich bin bis zur Buchhandlung gefahren.»

«Das hast du gut gemacht. Und dann bist du da rein und hast gefragt, ob dich jemand nach Hause bringen kann? Du bist ein gscheites Burscherl.»

«Ja, weil ich doch wusste, dass der Herr Oskar die Marie so mag, und da dachte ich dann … der weiß vielleicht», wieder begann er zu weinen, «wo sie sein könnt.»

«Ha! Was haben Sie mit unserem Kindermädchen zu schaffen?», fragte die Hausherrin.

«Nichts, gnädige Frau. Wir haben uns nur einmal kurz unterhalten, und ich finde sie sehr nett, Ihr Fräulein Marie.» Oskar sah Heini an und hoffte inständig, der Junge würde die Sache mit dem Brief nicht verraten.

«Jetzt kommen Sie erst einmal herein und wärmen Sie sich auf. Der Heini bekommt einen Tee und Sie ein Glas Wein?», sagte der Hausherr.

«Nein, machen Sie sich nur keine Umstände, Herr Doktor. Ich will nicht länger stören. Ich werde gleich wieder aufbrechen.»

«Ich will keinen Tee, ich will, dass die Marie wiederkommt!» Heinrich war schon wieder den Tränen nahe, seine Stimme war laut geworden, und er stampfte mit dem Fuß auf. Wie auf ein geheimes Kommando begann nun auch seine kleine Schwester, nach Marie zu rufen.

«Kinder, seid still! Dieser Lärm ist ja zum Verrücktwerden. Und Sie, Herr Novak, kommen Sie bitte», sagte der Herr Doktor.

Im geräumigen Wohnzimmer brannte ein Feuer im Kamin, auf dem Tisch standen ein großer Kerzenleuchter und eine Schüssel mit roten Äpfeln, und in der Ecke des Zimmers strahlte ein riesiger Christbaum, über und über behangen mit Strohsternen, Engeln und Naschwerk. Oskar ertappte sich dabei, wie ihn angesichts dieser Behaglichkeit ein Gefühl von Neid durchfuhr. Er versuchte, sich Marie in diesem Raum vorzustellen. Obwohl – allzu oft dürfte sie den wohl nicht betreten; was hatte schon ein Kindermädchen in solch einem Salon zu schaffen? Und in Zukunft wahrscheinlich gar nichts mehr.

Herr Schnitzler wies Oskar einen Platz auf dem Sofa zu und setzte sich neben ihn. Die gnädige Frau saß im Sessel gegenüber, Heini verschwand fast in einem der riesigen Ohrensessel und ließ die Beine baumeln. Die junge Dame, die ihm als Fräulein Stephi Bachrach vorgestellt wurde, hatte Lili wieder auf den Arm genommen und lehnte am Fenster.

Als die Köchin ein Tablett mit einer Teekanne, Tassen und einem Schälchen Kekse auf den Tisch stellte, schlug die große Pendeluhr sieben. Alle fuhren herum und starrten auf das Zifferblatt.

«Es ist schon so spät. Und so kalt und dunkel.» Heinis Stimme war plötzlich ganz leise.

«Ja, Bub, jetzt bist du ja da. Gehst bald schlafen in dein schönes Bett.»

«Ja, aber Mutter! Wir müssen doch die Marie suchen. Die erfriert doch da draußen in der Kälte.»

«Jetzt übertreib nicht. Marie ist eine erwachsene Frau. Die sitzt sicher längst in einer Wirtsstube und isst eine warme Suppe.»

«Aber sie soll nach Hause kommen! Wer bringt denn die Lili ins Bett? Und wer schaut, dass ich mir auch den Hals und die Ohren ordentlich wasche?»

«Das kannst du schon selber! Und die Lili bringen die Stephi und ich ins Bett. Gell, Lililein, die Stephi hast du doch lieb. Und wir finden sicher bald ein neues Kindermädchen für euch. Ich hab ja gleich gesagt, dass die Marie zu jung ist und zu unerfahren.»

«Aber …»

«Nichts aber, mein Sohn. Ein Kindermädchen ist dazu da, dass es auf euch aufpasst. Nicht dass es in der Stadt herumspaziert und dich alleine lässt.»

Frau Schnitzlers Ton war scharf, und sie sah ihren Gatten siegessicher an, doch bevor der etwas erwidern konnte, war Heini aus dem Fauteuil gesprungen und rief mit Tränen in der Stimme: «Es ist alles meine Schuld. Ich bin davongelaufen. Ich wollte unbedingt zum Ringelspiel, aber die Marie wollte erst später hingehen, und da hab ich mich von ihrer Hand losgerissen und bin einfach weggelaufen. Sie kann überhaupt nichts dafür!»

«Stimmt das, was du da sagst, mein Sohn?» Der Tonfall seines Vaters war ruhig und streng.

«Ja, Vater. Das stimmt. Ich bin einfach weggelaufen, und dann wollte ich zurück und hab sie nicht mehr gefunden.»

«Aber dann ist sie schon seit drei Stunden verschwunden. Wo kann sie denn sein?»

«Ach, Arthur, du wirst dir doch jetzt nicht Sorgen um das Mädchen machen. Hauptsache, unser Heini ist wieder da.»

«Doch, meine Liebe, ich finde, wir müssen uns schon Sorgen machen. Ich meine, sie ist unsere Angestellte, wir sind für sie verantwortlich. Haben Sie denn eine Idee, wo sie sein könnte?», wandte der Hausherr sich an Oskar. «Sie scheinen sich ja etwas näher zu kennen. Hat sie Verwandte in Wien? Irgendjemanden, zu dem sie gehen könnte?»

«Soviel ich weiß, kennt sie niemanden hier. Ihre Familie lebt irgendwo im Mühlviertel.»

«Aber wo kann sie sein? Wenn sie sich verirrt hat, könnte sie doch jemanden nach dem Weg fragen.»

«Entschuldigen Sie bitte, wenn ich mich einmische, Herr Doktor, aber sie hat sich sicher nicht verirrt. Die Marie ist eine Gscheite, wissen Sie?» Anna stand im Türrahmen, die verschränkten Arme vor der üppigen Brust.

«Und wo ist sie dann?»

«Die traut sich nicht heim. Die hat Angst, ihre Stelle zu verlieren. Die rennt jetzt wahrscheinlich ganz verzweifelt durch die Stadt, wenn nicht sogar Schlimmeres.»

«Ach Anna, Sie übertreiben mal wieder maßlos!», sagte Frau Schnitzler. «Wie oft hab ich Ihnen schon gesagt, Sie sollen nicht immer diese Schundromane lesen. Und du, Heini, hörst jetzt sofort auf mit diesem Geheule, sonst gehst du auf der Stelle auf dein Zimmer.»

Sie stand auf, worauf Oskar ebenfalls vom Sofa sprang, denn er verstand es als Zeichen, dass sie das Gespräch für beendet hielt. Da fasste er seinen ganzen Mut zusammen und legte der Hausherrin seine Hand auf den Unterarm.

«Sie dürfen nicht glauben, dass Marie nicht gut aufgepasst hat! Sie liebt die Kinder über alles. Und ihre Arbeit hier, sie hat mir erzählt, wie gut Sie zu ihr sind. Sie würde alles für die Kinder geben.»

«Na, Sie scheinen sich ja bereits sehr nahezustehen, wenn Sie solche Aussagen treffen können.» Die gnädige Frau zog ihren Arm weg und begleitete Oskar zur Tür.

«Olga, ich finde, Herr Novak hat recht. Marie macht ihre Arbeit sehr gut. Die Kinder mögen sie, und denk doch nur daran, jetzt, als Lili krank war! Die ganze Nacht ist Marie aufgeblieben. Heinrich, stimmt das wirklich, dass du weggelaufen bist?»

«Ja, Vater.»

«Darüber sprechen wir noch. Jetzt müssen wir erst mal überlegen, wie wir Marie wiederfinden, bevor ein Unglück geschieht. Herr Novak, haben Sie eine Idee, wo sie sein könnte? Kennen Sie ihre Lieblingsplätze?»

«Nein, eigentlich nicht. Wir waren einmal spazieren im Türkenschanzpark, den liebt sie sehr, aber da traut sie sich wohl im Dunkeln nicht alleine hin. Ich habe keine Ahnung, wo sie sein könnte.»

«Dann werden wir morgen die Polizei verständigen. Vielleicht findet man sie ja.»

«Morgen erst?» Heini blickte seinen Vater ungläubig an. «Aber wo soll sie denn dann schlafen heute Nacht? Die hat doch niemand anderen auf der Welt.»

«Na, jetzt übertreib mal nicht. Die findet schon was. Und vielleicht kommt sie ja auch noch. Abmarsch ins Bett jetzt, es ist spät. Und über dein Weglaufen sprechen wir morgen.»

«Ja, Vater.» Der Junge sah plötzlich sehr erschöpft aus und ging widerstandslos nach oben. Auch Lili hatte sich beruhigt, schmiegte sich an die Schulter von Stephi, die Heini nach oben folgte.

Oskar räusperte sich. «Dann geh ich jetzt auch. Vielen Dank für den Tee. Ich empfehle mich.»

«Nein, wir danken Ihnen, dass Sie Heini nach Hause gebracht haben.»

Herr Schnitzler öffnete Oskar die Tür und reichte ihm die Hand. «Gute Nacht.»

«Gute Nacht, Herr Doktor. Und ich habe eine große Bitte: Würden Sie mich verständigen, wenn Marie auftaucht?»

«Selbstverständlich. Ich lasse es Sie wissen. Sie werden sehen, es klärt sich alles auf.»

Oskar trat aus dem Gartentor in die dunkle Sternwartestraße und schlug den Mantelkragen hoch. Nun war es sternenklar, die Temperaturen waren weit unter null. Er war verzweifelt. Wie konnte er jetzt nach Hause gehen und sich schlafen legen? Wo er doch keine Ahnung hatte, wo Marie war, ob ihr etwas zugestoßen war, ob sie einsam und frierend durch die Stadt irrte, sich irgendwo versteckte. Langsam ging er die Türkenschanzstraße hinunter, wollte noch einmal bei der Buchhandlung vorbeischauen, obwohl er nicht genau wusste, was er sich davon erhoffte. Marie würde sicher nicht vor dem verschlossenen Laden stehen.

Und natürlich war sie nicht da. Die Währinger Straße lag wie ausgestorben da, das Zifferblatt der Turmuhr am Amtshaus leuchtete, und auch die Schaufenster der Buchhandlung lagen im hellen Glanz. Er blieb kurz stehen, betrachtete das weihnachtlich geschmückte Schaufenster mit der Krippe, und vor seinem inneren Auge erschien Maries Bild. Wie er sie das erste Mal gesehen hatte, Hut und Mantel voller Schnee, die Wangen rot, die Augen vor Empörung funkelnd. Wie gerne würde er sie finden. Doch er hatte keine Ahnung, wo er mit der Suche beginnen sollte.

Als die Straßenbahn einfuhr, beschloss er, dass es keinen Sinn hatte, hier herumzustehen. Also sprang er in den hinteren Wagen und fuhr in Richtung Schottentor. An der nächsten Kreuzung schreckte er hoch und rannte zum Fenster: Eine einsame Gestalt eilte die Währinger Straße hinauf, der Kleidung nach war es eindeutig eine Frau. Er lief bis zum Ende des Wagens. Ja, kein Zweifel, das musste Marie sein.

«Marie! Marie!», rief er. «So warten Sie doch! Bleiben Sie stehen!» Und als die Person tatsächlich stehen blieb und sich umwandte, lief Oskar kurzerhand auf die hintere Plattform und sprang von der fahrenden Tram. Er strauchelte, fing sich mit den Händen im Schnee ab, hörte noch, wie der Schaffner ihm ein «Bist du narrisch!» nachrief, und rannte los.

Und da stand sie. Marie. Seine Marie. Sah ihn aus großen Augen an, und er war versucht, sie in die Arme zu schließen.

«Oskar! Was machen Sie denn hier? Haben Sie so lange gearbeitet?»

«Ach, Fräulein Marie! Wenn Sie wüssten, was ich mir für Sorgen gemacht habe. Ich bin ja so froh, dass ich Sie sehe. Und dass Sie heil sind. Sie sind doch heil, oder?»

«Ja, heil schon. Nur so unglücklich.» Sie brach in Tränen aus, und da konnte sich Oskar nicht mehr zurückhalten und legte die Arme um ihre Schultern. Es dauerte eine ganze Weile, bis sie wieder sprechen konnte. «Ich hab den Heini verloren. Am Christkindlmarkt. Ich hab ihn überall gesucht.»

«Ja, das weiß ich doch längst. Er ist zu Hause. Dem Buben geht's gut.»

«Wie? Er ist zu Hause? Das sagst du erst jetzt!» Sie riss sich aus seiner Umarmung und stieß ihn mit der Faust von sich. «Entschuldigung. Das wollt ich nicht. Ich wollte dir ... äh ... Ihnen nicht weh tun.»

«Ist schon gut. Wir bleiben dabei. Also nicht beim Hauen, aber beim Du.»

Marie wischte sich ihr Gesicht ab, steckte eine verrutschte Haarsträhne unter ihrem Hut fest und ließ sich von Oskar alles erzählen. Wie der Heini plötzlich im Buchladen stand, wie sie gemeinsam die Sternwartestraße raufgegangen waren und geklingelt hatten und dann bei den Schnitzlers im Salon gesessen und Tee getrunken hatten. Und auch, dass der Herr Doktor Marie suchen lassen wollte. «Morgen, hat er gesagt, will er zur Polizei gehen und dich als vermisst melden.»

«Was soll ich jetzt nur machen?»

Sie waren langsam weitergegangen.

«Na, du gehst jetzt nach Hause. Sie werden heilfroh sein, dass du wieder da bist.»

«Ja, weil sie dann keine Scherereien haben mit Polizei und so, wo morgen doch Weihnachten ist. Und dann setzen sie mich vor die Tür. Wenn ich Glück habe, lassen sie mich heute Nacht noch in meiner Kammer schlafen.»

«Das werden wir schon sehen. Komm, ich begleite dich. Du musst da jetzt hin, es gibt keine andere Möglichkeit.»

Marie und Oskar stapften schweigend durch den Schnee. Als sie an der Buchhandlung vorbeikamen, blickte Marie kurz zum Weihnachtsschaufenster, dann schob sie ihre Hand unter Oskars Arm. An der Ecke, an der sie sich vor ein paar Tagen das erste Mal getroffen hatten, blieb Oskar stehen.

«Jetzt musst du allein weitergehen.»

«Ich hab Angst.»

«Sie werden dir nichts tun. Der Herr Doktor ist ein guter Mensch.»

«Ja, aber die gnädige Frau kann mich nicht leiden.»

«Wirst sehen, es ist alles halb so schlimm. Und wenn sie dir wirklich die Stellung kündigen, hier ist meine Adresse. Dann kommst du direkt zu mir. Versprochen? Ich warte jetzt noch zehn Minuten hier an der Ecke, und wenn du dann nicht wiederkommst, geh ich nach Hause.»

«Warum tust du das?»

«Was?»

«Das alles – für mich?»

«Warum glaubst du?»

«Weiß nicht?»

«Weil ich dich gernhab, du Dummerchen.»

Marie lächelte ihn schief an, seufzte tief und gab sich einen Ruck. Entschlossenen Schrittes ging sie auf das Haus der Schnitzlers zu, und Oskar sah noch, wie sie die Hand ausstreckte, um auf den Klingelknopf zu drücken.

Es dauerte keine halbe Minute, bis das Stubenmädchen die Tür öffnete und den Kopf rausstreckte.

«Wer ist da?»

Marie antwortete leise: «Ich bin's. Die Marie.»

Sophie stieß ein lautes Quieken aus und drückte die Tür auf. «Mein Gott, dass du dich noch hierhertraust! Tot könnt er sein, der arme Bub. Anna! Komm schnell, die Marie ist wieder da!»

Aus dem Souterrain kam Anna, die sich wohl schon fürs Bett zurechtgemacht hatte. Sie trug Pantoffeln und den zerschlissenen Morgenmantel.

«Ja, Kindchen! Wo warst du denn? Sophie, du hältst sofort deinen Mund und hörst auf zu kreischen. Du weckst noch die Kinder auf.»

«Ich melde dem Herrn Doktor, dass sie wieder da ist.»
Sophie verschwand mit einem Lächeln.

«Und du kommst jetzt erst mal in die Küche und trinkst einen schönen heißen Tee. Dann sehn ma weiter.»

«Wie geht's denn dem Heini? Hat er sich was getan? Ist er unterkühlt?»

«Dem Heini geht's gut. Er macht sich nur solche Sorgen um dich. Aber ich glaube, sie schlafen jetzt beide, die Lili und er. Na, das war ein Geheule und Gejammere hier, das kannst dir gar nicht vorstellen.»

«Ah, da haben wir das Fräulein Marie.» Der Hausherr trat in die Küche, eine Hand in der Westentasche, mit der anderen fuhr er sich über den Bart.

«Herr Doktor. Es tut mir so leid! Ich entschuldige mich tausendmal, dass ich nicht besser auf den Buben aufgepasst habe.»

Marie sprang vom Küchenstuhl auf und kniete sich vor ihren Dienstherrn, der sofort einen Schritt zurückwich.

«Jetzt stehen Sie bitte auf! Ist ja zum Glück ein schlaues Bürscherl, der Heini. Aber wo waren Sie denn so lange?»

«Ich hab alles abgesucht. Den ganzen Christkindlmarkt, und in der Stadt war ich, weil ich geglaubt hab, da läuft er rum, und dann … ja … dann hab ich mich nicht heimgetraut … und …»

«Na ja, jetzt sind Sie ja da. Und dem Heini geht's gut. Es tut ihm auch leid, dass er weggelaufen ist. Er hat Sie wohl recht gern.»

Marie sah ihn verblüfft an und stammelte: «Ja, ich hab ihn ja auch gern. Nicht auszudenken, wenn ihm was zugestoßen wär.»

«Jetzt gehen Sie mal zu Bett, wir besprechen die Angelegenheit morgen.»

«Jawohl, Herr Doktor.»

«Ach, und Marie?»

«Bitte schön, Herr Doktor?»

«Dieser junge Buchhändler vom Stock, der macht sich wohl große Sorgen um Sie. Den sollten wir morgen verständigen und ihm mitteilen, dass Sie wieder aufgetaucht sind.»

«Bitte schön, Herr Doktor, er weiß es schon. Ich hab ihn zufällig getroffen, wie ich gerade hergegangen bin.»

«Aha. Zufällig.»

Als sie wieder allein waren, schob Anna ihr eine dampfende Tasse Tee hin.

«Stimmt das wirklich, dass er davongelaufen ist?»

«Sagt er das?»

«Ja, er hat steif und fest behauptet, dass er dir weggelaufen ist, weil du nicht mit ihm zum Ringelspiel gehen wolltest.»

«Das stimmt nicht.» Maries Stimme war lediglich ein Flüstern. «Ich wollte bei einem Stand ein Geschenk für Oskar aussuchen. Und da hab ich nicht aufgepasst, und plötzlich war der Heini weg.»

«Er sagt was anderes.» Anna schaufelte Zucker in ihren Tee und rührte sorgfältig um. «Du willst doch nicht behaupten, dass Heinrich Schnitzler lügt.»

«Nein. Das hab ich nicht gesagt.»

«Also, wir gehen jetzt mal schlafen. Morgen ist Weihnachten, das wird ein anstrengender Tag. Gäste, Bescherung, die aufgedrehten Kinder. Gute Nacht, Marie.»

«Gute Nacht, Anna.»

Marie stieg die Treppe hinauf zu ihrem Zimmer und versuchte, so leise wie möglich zu sein. Sie wollte keinesfalls der gnädigen Frau unter die Augen treten. Als sie an Heinis Zimmer vorbeikam, konnte sie nicht widerstehen und öffnete die Tür. Da lag er und schlief. Sie war so glücklich, ihn so friedlich zu sehen, dass sie erneut weinen musste. Egal was passieren würde, Hauptsache, dem Buben war nichts geschehen.

Sie zog die verrutschte Tuchent über seine Schultern, strich ihm vorsichtig durchs Haar und verließ dann leise das Kinderzimmer.

Marie! Du bist wieder da!» Heini stand im Pyjama vor ihrem Bett und hüpfte vor Freude auf und ab. «Du bist zurückgekommen! Lili, Lili, schau! Die Marie ist wieder da.»

«Pst, Heini. Es ist noch so früh, alle schlafen noch.»

«Ich bin ja still. Ich bin nur froh, dass du wieder da bist. Und heute ist Weihnachten.»

«Ja, aber erst später. Geh noch mal ins Bett und lies was. Ich komm gleich zu dir.» Da hörte sie auch schon Lili im Nebenzimmer plappern, und kurz darauf rief die Kleine lautstark nach ihr.

Marie stand auf, kleidete Lili an und ging mit beiden Kindern runter in die Küche. Anna hatte gerade den Ofen angezündet und bereitete das Frühstück vor.

«Na, seid ihr schon alle munter?»

«Ja. Schau, Anna! Die Marie ist wieder da. Bist du auch so froh?», rief Heini.

«Sicher bin ich froh. Sonst hätt ich euch ja am Hals, wenn die Marie nicht da wär.»

Sie aßen Haferbrei, und die Kinder waren bester Laune, sprachen aufgeregt über ihre Weihnachtswünsche, und Lili wollte Marie unbedingt den Christbaum zeigen, den sie gestern mit Stephi geschmückt hatte.

«Guten Morgen.» Der Herr Doktor stand plötzlich in der Tür, sie hatten ihn gar nicht kommen hören.

«Guten Morgen, Vater. Schau, die Marie ist wieder da!» Heini sah ihn erwartungsvoll an.

«Aber das weiß ich doch längst. Sie ist gestern gekommen, da hast du schon geschlafen. Sie hat dich so lange gesucht.»

«Ja, ich weiß.» Heini senkte schuldbewusst den Kopf.

«Was ist dir da eigentlich eingefallen? Einfach so wegzulaufen!»

«Es tut mir leid, Vater.»

«Bei der Marie musst du dich entschuldigen, nicht bei mir.»

«Entschuldige bitte, Marie.»

«Ist schon gut, Heini.» Marie konnte die Tränen kaum unterdrücken, als sie den Jungen ansah, der betroffen in seine Breischüssel blickte.

«Gar nichts ist gut. Heini, du stehst jetzt auf, gibst der Marie die Hand und entschuldigst dich ordentlich. Und ob du eine Woche Hausarrest bekommst, das bespreche ich noch mit deiner Mutter.»

«Jawohl, Vater.» Der Kleine stand auf, stellte sich vor das Kindermädchen und reichte ihr förmlich die Hand. «Liebe Marie. Es tut mir leid, dass ich weggelaufen bin. Es wird nicht wieder vorkommen.»

«Ist gut, Heini. Ich weiß doch, dass du es nicht bös gemeint hast.»

«So, und nun können Sie bitte das Frühstück anrichten für mich und die gnädige Frau, Anna.»

«Sehr wohl, Herr Doktor. Wird gemacht.»

Nachdem der Hausherr die Küche verlassen hatte,

klopfte die Köchin Heini auf die Schulter und blickte ihn ernst an. «Du bist ein braver Bub. Ich bin sehr stolz auf dich.»

Als Marie Lili später für ihr Mittagsschläfchen nach oben brachte, begegnete sie auf der Treppe der gnädigen Frau. Die blieb kurz stehen, Marie machte einen Knicks, und die Hausherrin hob missbilligend eine Augenbraue, sagte aber nichts. Marie zog den Kopf zwischen die Schultern und drückte sich mit angehaltenem Atem an ihr vorbei.

Kurz darauf kamen Heinis Freund Paul und die kleine Anna Katharina zum Spielen vorbei, während Marie Anna und Sophie bei den Vorbereitungen für das morgige Essen helfen sollte. Anna schickte das Dienstmädchen in den Salon zum Silber- und Gläserpolieren und gab Marie eine große Schüssel Kartoffeln, die geschält werden mussten.

«Der hat dich wohl recht gern, der Herr Oskar?», sagte die Köchin.

«Warum?» Marie spürte, wie sie rot wurde.

«Na ja, der hat hier nicht einfach nur den Buben abgegeben. Der saß da drinnen bei den Herrschaften und hat versucht, deinen Kopf zu retten. Am liebsten hätt er die ganze Stadt nach dir abgesucht.»

«Ja, ich weiß.»

«Wo hast du ihn denn getroffen?»

«Unten bei der Kreuzung. Er ist aus der fahrenden Tram gesprungen, als er mich gesehen hat.»

«Nein, wie romantisch!»

«Und dann hat er mich bis fast hierher begleitet. Ach Anna, was soll ich nur tun?»

«Was meinst du denn?»

«Ich hab ihn ja auch recht gern.»

«Na, dann ist ja alles wunderbar. Wirst sehen, in ein paar Tagen spricht keiner mehr vom verlorengegangenen Heini, und du kannst mit deinem Oskar wieder schön spazieren gehen, wenn du freihast.»

«Meinst du?»

«Ja, warum denn nicht? Aber jetzt schäl ein bisschen schneller, wir haben nicht den ganzen Tag Zeit.»

Als Lili von ihrem Mittagsschlaf aufgewacht war, machte Marie mit den beiden Kindern noch einen Spaziergang. Es hatte zu schneien aufgehört, war sogar ein bisschen wärmer geworden. Sie gingen an der Mauer des Sternwarteparks vorbei, in Richtung des Cottage-Sanatoriums und über den Meridianplatz in den Türkenschanzpark. Lili war wegen des Christkinds so ungeduldig, dass sie am liebsten nach zehn Minuten umgekehrt wäre, doch da Marie wusste, wie wichtig den Schnitzlers die tägliche frische Luft für die Kinder war, traute sie sich nicht, gleich wieder nach Hause zu gehen. Das Einzige, womit sie Lili locken konnte, war die Aussicht, beim Cottage-Eislaufverein haltzumachen. Die Kleine liebte den Platz in der Hasenauerstraße: die Damen mit den langen Röcken, die scheinbar schwerelos vorüberglitten, die eleganten Herren und die Tanzmusik aus den Lautsprechern.

Heini war schon ein paarmal mit seinem Freund Paul und dessen Vater eislaufen gewesen und sah sich die Pirouetten drehenden Schlittschuhläufer fachmännisch an.

«Warst du schon mal eislaufen, Marie?», fragte er.

«Ich? Gott bewahre! Keine zehn Pferde würden mich da aufs Eis bringen. Da kann man sich ja alle Knochen brechen.»

«Ich zeig dir das, wenn du magst. Ist gar nicht so schwierig.»

«Nein, nein. Man muss nicht alles lernen im Leben.»

«Es ist wie tanzen. Nur auf Schlittschuhen.»

«Aber ich kann auch nicht tanzen.»

«Das musst du aber lernen. Jede Dame muss tanzen können!»

«Ach, Heini! Ich bin doch keine Dame.» Marie lachte, zog ihm die Mütze vom Kopf und tat, als würde sie sie wegwerfen. Heini bückte sich, raffte ein wenig Schnee zusammen, lief weiter und bewarf sie mit Schneebällen. Rasch war eine ausgelassene Schneeballschlacht im Gange, und Lili juchzte vor Vergnügen.

«So, jetzt gehen wir aber heim.» Marie war ganz außer Atem. «Nun kommt sicher bald das Christkind.»

Nach diesem Satz wollte Lili auf der Stelle nach Hause, zog an der Hand ihres Kindermädchens, und Marie und Heini machten sich darüber lustig, wie schnell die Kleine plötzlich laufen konnte. Kurz bevor sie in die Sternwartestraße einbogen, klopfte Marie den Kindern den Schnee von den Mänteln und versuchte, ihre Haarsträhne, die schon wieder rausgerutscht war, unter dem Hut festzustecken. Heini sah sie auf einmal ganz ernst an und sagte mit leiser Stimme:

«Du gehst doch nicht weg, oder?»

«Ich glaube nicht, Heini.»

«Aber der Herr Oskar hat gesagt, du verlierst vielleicht deine Stelle.»

«Ich hoffe, deine Eltern haben mir verziehen. Das hast du aber auch so gut gemacht, dass du alleine nach Hause gefunden hast. Und auch, dass du ... na, dass ...»

«Komm! Wir rennen! Wer als Erster beim Gartentor ist!»

Schon war der Junge losgelaufen, und bevor Marie auch nur ihren langen Rock hochgerafft hatte, drückte er auf den Klingelknopf. Sophie öffnete und blickte Marie kühl entgegen.

«Wie siehst du denn aus?»

«Ich weiß gar nicht, was du meinst», kicherte Marie und fühlte sich plötzlich übermütig wie eine Dreizehnjährige.

Im ganzen Haus duftete es nach frischem Kaffee und Kuchen. Anna stand mit rotem Gesicht in der Küche und kommandierte das Dienstmädchen herum. «Sophie, hast du den Tisch schon gedeckt? Hast du Holz nachgelegt im Salon? Den Wein gekühlt? Jetzt steh hier nicht rum, in einer halben Stunde kommen die Leut!»

«Und das Christkind.» Lili war auf den Küchenstuhl geklettert und zupfte mit ihren kleinen Fingern am Kuchen rum.

«Wirst du wohl runtergehen! Zu so einem ungezogenen Kind kommt kein Christkind. Ihr geht jetzt schön auf eure Zimmer.»

Marie versuchte, Lili mit Bilderbüchern und Bauklötzen abzulenken, aber als die Kinder hörten, wie der Besuch kam, waren sie nicht mehr zu halten. Lili wurde von Arm zu Arm gereicht, und Heini begrüßte die Freunde seiner Eltern wie ein kleiner Erwachsener. Mit «Onkel Gustav», wie er ihn nannte, plauderte er über die Schule und dass er bald ins Gymnasium komme, und Fräulein Pollak, die Sekretärin seines Vaters, fragte ihn aus, welches Buch er denn gerade lese. Zum Schluss kamen noch das Fräulein Bachrach und Arthur Kaufmann, mit dem der Doktor manchmal Schach spielte. Er rief Heini zu:

«Na, spielen wir mal wieder eine Partie?», und Heini nickte begeistert.

Stephi Bachrachs Augen blitzten unter ihrem Hut hervor, als sie Marie auf der Treppe stehen sah. «Sind Sie doch wieder zurückgekommen.»

Marie senkte den Blick und sagte leise: «Jawohl, gnädige Frau.»

«Das ist schön. Die Kinder haben Sie recht gern.»

Maries Wangen brannten, sie murmelte nur einen leisen Dank. Marie bewunderte das Fräulein Bachrach sehr. Wenn sie auf Besuch war, musste sich das Kindermädchen sehr bemühen, sie nicht ständig anzustarren. Sie war ungefähr so alt wie Marie, aber sehr belesen und diskutierte mit dem Herrn Doktor über alles Mögliche. Immer war sie mit dabei, wenn der gnädige Herr seine privaten Leseabende abhielt. Und sie verdrehte wohl vielen Männern den Kopf: Einmal hatte Marie aufgeschnappt, wie sich die Herrschaften über ihren gemeinsamen Freund Jakob unterhielten, «der die Stephi so verehrt», wie sie sagten.

«Marie, träumen Sie? In fünf Minuten ist Bescherung. Sie sollen die Kinder noch mal nach oben bringen.»

Es war das erste Mal, dass die gnädige Frau das Wort an sie gerichtet hatte, seit sie wieder zurück war. Zwar war es ein Tadel, dennoch nahm Marie es als Zeichen, dass die Hausherrin sich mit ihrem Bleiben abgefunden hatte.

Als Marie hinter Heinrich und Lili ins Wohnzimmer trat, fühlte sie sich, als wäre sie selbst das Kind und das Christkind käme zu ihr, obwohl sie selbstverständlich gleich neben der Tür stehen blieb. Der Baum ragte bis zur Zimmerdecke, er glitzerte und glänzte und war über und über geschmückt mit kleinen, flackernden Kerzen. Unter dem Baum stand ein großes, weiß lackiertes Schaukelpferd, und Marie musste Lili an der Hand festhalten, damit die Kleine sich nicht gleich daraufstürzte. Doktor Schnitzler rief Heini zu sich, und die beiden spielten zusammen Klavier. Die Gäste waren hingerissen. Dann endlich durften die Kinder ihre Päckchen aufmachen, und Marie zog sich diskret zurück.

In der Küche feierten Anna, Sophie und Marie ihre eigene kleine Weihnachtsfeier. Sie legten einen Tannenzweig, auf den sie eine Kerze gesteckt hatten, auf den Küchentisch, genehmigten sich einen Kaffee und sogar ein Stück Kuchen. Anna hatte für die beiden Mädchen ein kleines Geschenk – Sophie bekam ein Halstuch und Marie ein Notizbuch. Sie würden heute ein wenig Ruhe haben, da die Herrschaften und Heini am Abend beim Bruder des Herrn Doktor geladen waren.

Als sich die Gäste verabschiedet hatten, stürmten die Kinder in die Küche.

«Komm, Marie! Du musst unsere Geschenke anschauen! Ich hab ein Puzzle bekommen und zwei Bücher und drei neue Zinnsoldaten und die Lili eine Puppe und ein Schaukelpferd!»

«Schau, Marie. Puppe.» Lili hielt Marie eine Puppe hin, die so echt aussah, dass Marie im ersten Moment dachte, die Kleine halte ein richtiges Baby im Arm. Die Kinder zogen sie in den Salon, und Marie half Lili, auf das neue Schaukelpferd zu klettern. Dann erst bemerkte sie den gnädigen Herrn, der im Abendlicht in seinem Ohrensessel saß und zu ihr und den Kindern blickte.

«Oh, entschuldigen Sie bitte, Herr Doktor. Ich hab Sie gar nicht gesehen.»

«Das macht nichts, Marie. Bleiben Sie nur ... Heini, du machst dich dann fertig, du weißt, wir gehen noch zu Onkel Julius.»

«Lili auch Onkel Julius!»

«Du bleibst schön bei der Marie und spielst mit deiner neuen Puppe. Die kannst du heute mit ins Bett nehmen.» Der Herr war aufgestanden und schubste gedankenverloren das Schaukelpferd an, auf dem seine Tochter saß.

«Ja, und Pferd auch!», rief Lili.

«Nein, Lili, das Pferd kannst du nicht mit ins Bett nehmen. Aber wir können es nach oben tragen und davorstellen.»

Marie fühlte sich immer ein wenig unbehaglich, wenn sie mit dem Herrn Doktor allein im Raum war.

Heini brach die Stille. «Vater, es gibt doch auch noch ein Geschenk für die Marie.»

«Ja, tatsächlich, das habe ich fast vergessen», sagte der Herr. «Und für Anna und Sophie haben wir auch eine Kleinigkeit. Holst du sie schnell?»

Köchin, Kindermädchen und Stubenmädchen standen verlegen im Salon der Schnitzlers, und der Herr Doktor überreichte einer jeden ein Kuvert aus elegantem cremefarbenem Papier. Sie bedankten sich mit einem Knicks und verließen rasch das Zimmer.

«Willst du es nicht aufmachen?» Heini war ihnen in die Küche gefolgt und zupfte an Maries Rock.

«Jetzt sei doch nicht so neugierig!», sagte Marie.

«Ich will, dass du dein Geschenk aufmachst.»

«Nur die Marie?», rief Anna. «Wieso? Hast du ihr einen Streich gespielt, und aus ihrem Umschlag springt eine Kröte?» Sie drohte ihm lachend mit der flachen Hand.

«Nein, aber ich will sehen, wie sie es aufmacht. Komm schon, Marie, wir gehen doch gleich zu Onkel Julius. Bitte!»

«Na gut, wenn es dir so wichtig ist, dann schau ich halt rein.» Marie setzte sich auf den Küchenstuhl und öffnete mit einem Buttermesser den Umschlag. Heraus fiel ein gefaltetes Blatt Papier, auf dem mit geschwungener Handschrift etwas geschrieben stand. Marie las vor:

Für Marie zum Weihnachtsfest. Ich wünsche gute Unterhaltung. Arthur Schnitzler

In dem Kuvert steckten noch zwei weitere Zettel. Marie holte sie heraus und starrte ungläubig darauf:

K. k. Hofburgtheater. Das weite Land.
Tragikomödie in fünf Akten von Arthur Schnitzler.

Tränen traten ihr in die Augen, und Anna und Sophie blickten sie verständnislos an.

«Theaterkarten?» Anna öffnete ihren Umschlag und nahm zufrieden einen Zehn-Kronen-Schein heraus.

«Ja. Theaterkarten. Ich hab's dem Vater gesagt!» Heini wedelte aufgeregt mit den Karten in der Luft herum. «Ich hab's dem Vater gesagt, dass die Marie ihrer Großmutter versprochen hat, einmal in ein richtiges Theater zu gehen. Und jetzt geht sie ins Hofburgtheater! Zu meinem Vater. Also, zu dem Stück, das mein Vater geschrieben hat.»

«Heini. Das ist ja großartig», flüsterte Marie. «Aber ... aber ... in so ein feines Theater! Ich hab doch gar nichts zum Anziehen! Und so tolle Plätze! Aber warum zwei Karten?»

«Na, warum wohl? Ich werd wohl nicht mitgehen.» Anna begutachtete die Karten mit einem breiten Grinsen.

«Dann kannst du ja den netten Buchhändler mitnehmen, oder?» Heini blickte in die Runde, ganz stolz, dass er so eine tolle Idee hatte.

«Wir werden sehen, wen ich mitnehme.»

Barbara Mürmann (Hg.)
Erzähl mir, wie es früher war – die schönsten Weihnachtsgeschichten am Kamin

Liebe Kinder, liebe Großeltern, Eltern, Freundinnen und Freunde, lasst uns zusammenkommen. Es ist Zeit für eine Weihnachtsgeschichte!

Seit Jahrzehnten begleiten uns die «Weihnachtsgeschichten am Kamin» durch die besinnliche Zeit im Advent. Wie war Weihnachten früher? Barbara Mürmann blickt zurück in viele Jahre voller bewegender, besinnlicher, auch lustiger Erinnerungen. Sie stimmen

272 Seiten

nachdenklich und fröhlich. Und sie tun vor allem eines: Sie berühren das Herz der Weihnacht – das, was die schönste Zeit des Jahres für jeden von uns bedeutet.

Die besten Erinnerungen aus mehreren Jahrzehnten «Weihnachtsgeschichten am Kamin» in einem Band! Für alle Fans und Sammler*innen – und für alle, die sich von dieser liebenswerten Weihnachtsserie neu verzaubern lassen möchten.

Weitere Informationen finden Sie unter **rowohlt.de**